FABIAN VOGT

Die Frau, die so gerne wollte, dass der Roman anders ausgeht

FABIAN VOGT

Die Frau, die so gerne wollte, dass der Roman anders ausgeht

adeo

Feder und Papier
entzünden mehr Feuer
als alle Streichhölzer der Welt.
Malcolm S. Forbes

„Leute, die sich die Finger verbrennen,
verstehen nichts vom Spiel mit dem Feuer."
Oscar Wilde

Feuerzunge – 11. Kapitel

Nes leckte ihren Zeigefinger ab und hielt ihn prüfend in die Luft. Es wehte ein sanfter Wind von Osten. Kaum spürbar. Nur ein Hauch. Aber sie durfte nicht leichtsinnig werden.

Vor ihr ragten die Mauern der Festung in die Höhe. Wie ein versteinerter, schlafender Riese.

Noch einmal hielt sie den Finger hoch. Mit dem Rücken zum Burgfried würde es gehen. Hoffentlich. Im Windschatten. Wenn nur das Wetter hielt. Sie schluckte und schaute über die Felder in die untergehende Sonne.

Hinter der Hügelkette türmten sich tiefrote Wolken und kündigten ein Sommergewitter an, aber noch war die Abendluft warm und schwer. Nes spürte, wie ihr vor Aufregung der Schweiß den Rücken herunterlief.

Gleich würde sich das Burgtor öffnen. In wenigen Augenblicken. Dann würde ein grimmiger Bote des Prüfungskomitees kommen und sie holen … gleich … gleich …

Die junge Frau schloss die Augen und ging in Gedanken ihren Auftritt noch einmal durch. Vermutlich zum tausendsten Mal. Trick für Trick. Schritt für Schritt. Bewegung für Bewegung. Jeder Handgriff musste sitzen. Und ein einziger Windstoß konnte alles zunichtemachen. Die gesamte Arbeit der letzten Jahre. Dann würde sie lichterloh brennen.

Neben ihr winselte Pyros, der spürte, wie nervös seine Herrin war. Doch Nes konzentrierte sich so sehr, dass sie sogar vergaß, den Rücken des lockigen Rüden zu kraulen.

„Du wolltest eine Schale Milch?"

Eine rothaarige Magd mit einer Zahnlücke war aus dem nahe gelegenen Nebengebäude der Burg getreten und hielt ihr mit fragendem Lächeln ein Tongefäß entgegen.

Nes nickte nur, dann nahm sie die Milch und spülte sich damit den Mund aus. Langsam und sorgfältig.

Die Magd starrte sie fasziniert an. „Warum machst du das? Ich dachte, du spuckst Feuer."

Nes musste so lachen, dass ihr die Milch durch die Nase schoss.

„Ja, das stimmt. Aber in Milch ist so viel Fett, dass dadurch die Poren im Mundraum geschlossen werden … Wie soll ich dir das erklären? Pass auf … es bildet sich eine Art Schutzschicht im Mund, die dafür sorgt, dass ich wenig mit den Substanzen, die ich spucke, in Kontakt komme. Vor allem aber …"

Sie beugte sich verschwörerisch vor: „… hilft das Fett, die Speichelproduktion zu bremsen. Ich arbeite mit Sporen, die nicht feucht werden dürfen. Glaub mir, es hat Jahre gedauert, bis ich sie im Mund halten konnte, ohne dass sie nass werden."

Fast zärtlich tastete sie nach dem Lederbeutel an ihrem Gürtel, in dem sich die von ihr entwickelte Mischung aus Bärlappsamen befand. Ein feines Pulver, das nichts mehr liebte, als in Flammen aufzugehen.

Die Rothaarige streckte das Kinn vor. „Stimmt es, dass noch nie eine Frau die Prüfung zur ‚Feuerzunge', zur Meisterin des Feuerspuckens, bestanden hat? Das hat mir der Geselle gesagt."

Nes schüttelte ihre Arme und Beine aus, um die Anspannung loszuwerden. „Ja, das stimmt! Was meinst du, warum ich so aufgeregt bin?"

Sie schaute unruhig zum Horizont. „Gleich, wenn die Sonne untergegangen ist, trete ich an. Und ich weiß, dass alle genau hinschauen werden. Ganz genau. Und wie! Die meisten wären vermutlich hocherfreut, wenn ich versage.

Hätte sich Marten, der Sohn des Gaukler-Königs, nicht für mich eingesetzt, dann wäre ich vermutlich gar nicht erst zur Prüfung zugelassen worden. Also: Du kannst sicher sein, dass es gleich um alles oder nichts geht. Ein Fehler und … weg."

Sie schnipste, und zwischen ihren Finger schoss eine kleine Flamme empor.

Verblüfft schaute die Magd auf Nes' Hände. „Wie hast du das gemacht?"

„Berufsgeheimnis." Nes gab der Küchengehilfin die kleine Schüssel zurück und begann, auf der Wiese auf und ab zu laufen. Hin und her. Sie versuchte, dabei tief und gleichmäßig zu atmen. Aber in ihr pochte ein schwerer Rhythmus.

„Kann ich noch was für dich tun? Dir irgendwie helfen?“ Die Frau zog den Kopf zwischen die Schultern, als halte sie es selbst für verwegen, die aufgedrehte Gauklerin noch einmal anzusprechen.

Nes, die die freundliche Magd fast schon vergessen hatte, schaute sie einen Moment lang gedankenverloren an. Dann fauchte sie: „Nein, lass mich einfach in Ruhe, damit ich mich endlich konzentrieren kann …“

Sie bemerkte das erschrockene Gesicht der Rothaarigen. „Äh … entschuldige … ich habe das nicht so gemeint. Ich bin nur … so furchtbar nervös… du kannst gerne … was weiß ich … ja, du kannst für mich beten … ein bisschen Beistand des Himmels kann sicher nicht schaden … du kannst zum Beispiel beten … dass sich die ganze Mühe meiner Ausbildung gelohnt hat … dass ich bei der Prüfung alles richtig mache … dass sich das Gewitter dahinten im Zaum hält … dass das Feuer mein Freund bleibt … und dass …“

Sie fing an zu stottern. „… dass Marten … also, dass Marten … meine … Gefühle erwidert. Und jetzt … jetzt geh bitte!“

Nes wurde rot und winkte die Dienerin mit einer strengen Handbewegung davon.

In diesem Moment öffnete sich der rechte Flügel des Burgtors.

Der rechteckige Hof war rundherum mit Fackeln beleuchtet. Ein Geruch aus Ruß, Dreck und Heu drängte sich zwischen die rauen Mauern, aber immerhin hatte jemand den Innenhof frisch gefegt, so dass feiner Staub in der Luft schwebte und funkelte.

Auf einer Holztribüne saß der Gaukler-König in einem festlichen, purpurfarbenen Gewand. Neben ihm der Landgraf mit seiner Familie und mehrere führende Vertreter der „Gaukler-Innung", wie sich die Vereinigung der Spielleute neuerdings übermütig nannte.

Nes glaubte für einen Moment, sie wäre ein einziger Herzschlag. Atemlos stolperte sie in die Mitte des Platzes, deutete eine leichte Verbeugung an und erstarrte dann mit halb geöffnetem Mund.

Der Gaukler-König erhob sich. „Nes! Bist du gekommen, um vor dem Rat und unserem ehrenwerten Gastgeber die Prüfung zur ‚Feuerzunge' abzulegen?"

Nes nickte stumm.

„Nun, dann fang an. Wir sind gespannt, was du gelernt hast. Wahrlich, das sind wir …"

Noch einmal sog die junge Frau Luft durch die Nase ein, und plötzlich … plötzlich gab es nur noch sie und das Feuer.

Mit einer schwungvollen Bewegung hob Nes die Arme – und wie verabredet, ertönte von der Seite eine tiefe Trommel und brachte die Luft zum Vibrieren.

Langsam begann die Künstlerin, sich im Takt der Schläge zu wiegen. Weich und verführerisch. Kraftvoll und energisch. Schließlich war sie darin allen männlichen Gauklern überlegen. Sogar weit überlegen. Zum Glück.

Dann zog Nes ihren Dolch aus der Scheide. Blitzschnell. Mit einem wilden Ruck. Normalerweise nutzten Feuerspucker für ihre Kunst kleine Fackeln, aber Nes hatte die Klinge ihrer Waffe mit einem saugfähigen, ölgetränkten Stoff umwickelt, den man kaum sah – und den sie jetzt mit einem gezielten Feuerstoß aus ihrem Mund entzündete. Zusch … Der Dolch brannte.

Ein tiefes Raunen ging durch die Zuschauer. Einige klatschten. Kein Wunder, diesen Trick hatte ihres Wissens noch nie jemand gezeigt.

Wochenlang hatte Nes geübt, bis es ihr gelungen war, ein winziges Stück glühender Kohle auf einem eingekerbten Holzbrettchen so auf der Zunge zu balancieren, dass es nicht ausging, ihr aber auch nicht den Mund verbrannte.

Stolz reckte sie die brennende Klinge in die Höhe und spuckte dabei rasch die Kohle zur Seite. Und während sie mit dem Feuerdolch weite Kreise in die Luft malte, füllte sie ihren Mund unauffällig mit der Bärlappsamen-Mischung aus ihrem Beutel.

Jetzt war sie für die eigentliche Vorführung bereit.

Von diesem Moment an ging es nur noch darum, das leicht entflammbare Pulver so gezielt und sorgfältig dosiert an den brennenden Dolch zu spucken, dass dabei eindrucksvolle Bilder aus Feuer entstanden.

Nes senkte noch einmal kurz den Kopf, als müsse sie sich konzentrieren, dann jagte sie einen Feuerstrahl nach dem anderen in den nächtlichen Himmel.

Erst einen Feuerhusten, bei dem sie nacheinander zehn kleine Feuerstöße in Richtung des Publikums aufblitzen ließ, dann einen mindestens drei Meter langen, anhaltenden Feuerstrahl, für den sie unter hohem Druck die Bärlappsamen an die Klinge schießen musste – und der die Feuerspuckerin aussehen ließ wie den Drachen aus der Siegfried-Sage. Passend dazu spreizte Nes, während die Flamme noch vor ihr in der Luft hing, die Arme weit nach hinten, als besäße sie Flügel.

Die Trommel verstummte für einen kurzen Augenblick. Es war, als hielte die Welt angesichts eines tobenden Drachen in diesem Burghof erschrocken den Atem an.

Wieder ertönten überall begeisterte Rufe. Doch während das Publikum noch erstaunt dem Feuerstrahl hinterher sah, legte Nes den Kopf in den Nacken und ließ einen Feuerball in den Himmel aufsteigen, der sich wie eine Sonne erhob und dessen Hitze im ganzen Hof spürbar war.

Die Menge antwortete mit einem begeisterten „Aaah".

Nes schoss mit spitzen Lippen direkt noch einen dünnen senkrechten Feuerstrahl hinterher, dann nutzte sie die Begeisterung der Zuschauerinnen und Zuschauer, um sich den Mund erneut mit Sporen zu füllen.

Als die Trommel wieder einsetzte, war Nes längst klar, dass sie das Publikum für sich gewonnen hatte. Ein unbeschreibliches Glücksgefühl breitete sich in ihr aus.

Ganz gleich, was die Jury nachher sagen würde: Sie, Nes, war eine „Feuerzunge". Eine Herrscherin der Flammen. Eine Hüterin der Lohen. Dafür war sie geboren worden.

Die Leute liebten ihre Kunst. Das war spürbar. Für einige Minuten vergaßen selbst die traurigsten Zeitgenossen ihre Sorgen und sahen staunend den Feuergarben hinterher, die eine übermütige Gauklerin in die Dunkelheit jagte, um zu zeigen, dass das Licht immer stärker sein würde als die Nacht.

Was für ein Gefühl.

Nes schüttelte schelmisch den Kopf und brachte die Leute zum Lachen, indem sie mehrfach auf eine Gruppe zulief und so tat, als würde sie gleich einen gefährlichen Feuerstoß in deren Richtung abschießen.

Dann aber stellte sie sich wieder in die Mitte des Platzes und hielt den Finger vor den Mund. Der Trommler beendete seine festen Schläge und legte mit den Fingerspitzen einen weichen Klangteppich in den Hof.

Erwartungsvolle Spannung machte sich breit.

Selbst Pyros unterbrach sein Jaulen.

Die Feuerspuckerin nahm den Dolch und deutete mit der brennenden Spitze auf ihr Herz. Danach hielt sie ihn wieder vor sich und umschloss mit beiden Händen die Klinge.

Das Feuer erlosch. Dafür brannten jetzt ihre Hände. Ja, ihre Hände standen lichterloh in Flammen.

Nes musste lächeln. „Wenn ihr wüsstet, wie oft ich meine Haut in den letzten Tagen eingecremt und bearbeitet habe …“

Freudig bemerkte sie, dass einigen Zuschauern der Mund vor Überraschung offen stand.

Als müsse sie ein Geheimnis bewahren, führte Nes ihren brennenden Zeigefinger fast bis an die Lippen – und spuckte einen gezielten Pulverstrahl mit aller Kraft dagegen.

Da der Strahl von ihrem Finger geteilt wurde, entstanden links und rechts von ihrer rechten Hand gleichzeitig zwei Feuerbälle, die sich in der Luft über ihr zu einem großen Herz vereinten.

Nes zwinkerte Marten zu.

Ob er ihre Botschaft verstand?

Sie schaute den Sohn des Gaukler-Königs an.

Lange. Zu lange!

Nur für einen winzigen Augenblick war sie unachtsam, just in dem Moment, in dem der erste Windstoß das erwartete Sommergewitter ankündigte.

Und während Nes noch schaute, ob Marten reagierte, trieb die Böe die Flammen schon von ihrer linken Hand in Richtung ihres Oberarms. Dorthin, wo sie ihre Haut nicht präpariert hatte.

Ein stechender Schmerz durchfuhr sie, als sich das Feuer im kurzen Ärmel ihres Kleides festsetzte. Dieser widerwärtige Schmerz, der Nes stets aufs Neue zeigte, dass das Feuer ein Raubtier war. Es ließ sich zähmen, doch es konnte jederzeit unerwartet zubeißen. Sie allerdings war eine allzu leichtsinnige Dompteurin, weil sie die Wildheit ihres Schützlings unterschätzt hatte. Wieder einmal.

Mit ihren Händen konnte sie die Flammen nicht ersticken, denn die brannten selbst. Aber wenn sie nicht sofort etwas tat, würde ihr ganzes Gewand Feuer fangen.

Dann war sie verloren.

Nes' Augen füllten sich mit Tränen.

Ihr musste etwas einfallen.

Schnell.

Aber was?

Vielleicht … ja, warum nicht?

Der „Dead Man" konnte ihr helfen. Vielleicht … nein … er war sogar ihre einzige Hoffnung. Oder sie musste die Vorführung abbrechen – und damit ihre Niederlage eingestehen. Denn ein solch blamables Ende würde der Gaukler-König nicht akzeptieren.

Nes mochte den „Dead Man"-Trick nicht, bei dem sich ein Feuerspucker auf den Rücken legte, um dann eine Flamme senkrecht in den Himmel zu spucken.

Einerseits erinnerte sie dieser Anblick immer an die erschreckenden Gemälde in den Kirchen, auf denen man sah, wie Verstorbenen die Seele aus dem Mund entwich – andererseits befürchtete sie jedes Mal, jemand könne ihr dabei unter das Gewand gucken.

Doch angesichts ihres brennenden Ärmels blieb ihr nur der „Dead Man". Und möglicherweise … ja, möglicherweise konnte sie ihn variieren …

Nes warf sich auf den Boden, versteifte ihren Körper und rollte sich anschließend seitlich über den Platz. Und immer, wenn ihr Gesicht nach oben zeigte, hielt sie schnell ihren brennenden Daumen vor die Lippen und schickte einen kurzen Feuerstoß gen Himmel.

Erst beim Rollen wurde der Gauklerin klar, wie verwegen diese improvisierte Figur aussehen musste: eine lange Reihe von lodernden Flammen, die in Bodennähe hintereinander emporschossen und sich scheinbar fortbewegten. Eine Kette aus lodernden Lichtern.

„Das sollte ich in mein Programm aufnehmen", durchfuhr es Nes, während sie sich ein letztes Mal herumwarf.

Gleichzeitig spürte sie, dass sie das Feuer an ihrem Ärmel gelöscht hatte. Die Verbrennung tat zwar immer noch höllisch weh, aber sie würde ihre Präsentation zu Ende bringen können.

Als sie sich aufrichtete, erstickte sie zugleich die Flamme an ihrer rechten Hand, indem sie die Finger fest über die Erde zog, und griff dann ein letztes Mal in ihren Lederbeutel mit den Bärlappsporen.

Noch während sie demonstrativ langsam den Kopf hob, malte sie mit einem lang anhaltenden, breiten Feuerstrahl einen Halbmond vor ihren Körper. Dann, kurz bevor sie dem Gaukler-König in die Augen sehen konnte, nahm sie die immer noch brennende linke Hand vom Mund – und spuckte die Bärlappmischung einfach so in den Himmel. Alles, was sie noch im Mund hatte. Einen explosiven Nebel.

Gleich darauf war die Luft getränkt mit den Sporen, und sie hielt mit einem lauten, triumphierenden Schrei die brennenden Finger hinein, woraufhin um sie herum eine gigantische Flammenwolke die Nacht erhellte.

Als sich die Augen des Publikums wieder an die Dunkelheit gewöhnt hatten, stand Nes einfach nur da, die inzwischen gänzlich gelöschten Hände vor der Brust gekreuzt.

Ihr Brustkorb hob und senkte sich im Rhythmus der letzten Trommelschläge.

Dann war es still.

Allerdings nicht lang. Denn als die Menschen erkannten, dass die Vorführung vorüber war, brachen sie in tosenden Jubel aus. Klatschen, Schreien, Rufen, Lachen.

Sie hatte es geschafft.

Doch das alles war Nes nicht so wichtig wie der aufmerksame Blick, mit dem Marten sie anschaute. So, als nähme er sie zum ersten Mal ganz bewusst wahr. Als Frau.

Der Gaukler-König brachte die Menge mit einer energischen Handbewegung zum Schweigen. Dann erhob er sich und winkte Nes vor das Podest. Ein breites, verwegenes Grinsen lag auf seinem Gesicht.

„Selten habe ich mich so gefreut, dass ich mich geirrt habe, Nes. Ich habe mir tatsächlich von ängstlichen Gemütern …“ Er warf einen mahnenden Blick zu seinen Sitznachbarn. „… einreden lassen, Frauen besäßen nicht die wunderbare Gabe, mit dem Feuer zu spielen. Das ist falsch. Grundfalsch sogar.

Was ich soeben gesehen habe, war nicht nur ein bewegendes Schauspiel, das war hohe Kunst. Nes, du bist höchst talentiert – und ich verheiße dir in der Gaukler-Innung eine große Zukunft. Ja, ich bin stolz, dass wir dich in unseren Reihen willkommen heißen dürfen. Als erste weibliche …“

Er machte eine dramaturgische Pause, dann rief er laut und mit erhobenen Armen: „als … ‚Feuerzunge‘“.

Der Gaukler-König fing an zu klatschen, und alle Anwesenden fielen mit ein. Erst klatschten die Menschen durcheinander, dann fanden sie einen gemeinsamen Takt, zu dem sie dann auch noch den Namen der frisch geehrten Künstlerin skandierten: Nes … Nes … Nes …

Selbst Pyros bellte dazu im Takt.

Am Ende war es Marten, der Nes mit Hilfe seines Bruders auf die Schultern nahm und sie in den Festsaal brachte, wo ihre Aufnahme in den Kreis der Gaukler gefeiert wurde. Bis in den frühen Morgen. Bis kurz nach drei …

Kurz nach drei. Felicitas schaute auf ihren Wecker.

O Mann, so spät. Beziehungsweise: früh.

Drei Uhr morgens.

Sie hatte vor lauter Spannung die Zeit vergessen. Wieder mal. Gut, dass ihre Eltern längst im Bett waren und nicht mitbekamen, dass sie ihr Lieblingsbuch „Feuerzunge" jetzt zum achten Mal las.

Vor allem, weil morgen eine Bio-Arbeit anstand. Und in Bio war Felicitas eher eine Wackelkandidatin.

Aber sie liebte diesen wunderbaren historischen Roman, den ihr eine Patentante letztes Jahr zum Geburtstag geschenkt hatte.

Und sie liebte Nes.

Dieses wilde, ungestüme Mädchen, das unbeirrt seinen Weg ging. Das sich nicht unterkriegen ließ. Das an sich selber glauben konnte.

Eine tolle Geschichte.

Wie alt mochte Nes wohl sein? Es wurde im Roman gar nicht erwähnt. 16 Jahre vielleicht. So wie Felicitas. Oder 18? Möglicherweise auch schon 20.

Egal.

Wichtig war nur eines: Diese abenteuerlustige junge Frau war so voller Leidenschaft, voller Drang, ihr Schicksal selbst in die Hand zu nehmen. Sie hatte etwas gefunden, für das sie brannte – im wahrsten Sinne des Wortes – und sie hatte keine Scheu, alle Konventionen zu brechen und ihre Vision vom „Spiel mit dem Feuer“ zu leben.

Ob es im Mittelalter leichter gewesen war, so ungezähmt zu leben? Vermutlich nicht. Außerdem war „Feuerspuckerin“ gewiss schon damals ein mehr als ausgefallener Beruf gewesen.

Trotzdem fühlte sich Felicitas unglaublich mit Nes verbunden.

Vor kurzem, nach ihrem Berufspraktikum bei einem örtlichen Kinderarzt, hatte Felicitas entschieden, dass sie gerne Medizin studieren würde. Aber gegenwärtig sah es nicht so aus, als ob ihr Notenschnitt bis zum Abitur gut genug sein würde, um dafür einen Studienplatz zu bekommen.

Was ihre Eltern motivierte, ihr die Vorteile einer guten Ausbildung immer wieder in leuchtenden Farben vor Augen zu malen.

„Mach was Praktisches!“

Felicitas legte den Roman mit dem feuerroten Cover auf den Nachttisch neben ihre Brille, schaltete das Licht aus und kuschelte sich in die Daunendecke.

In Gedanken ließ sie noch mal den Unterrichtsstoff Revue passieren, der morgen aller Wahrscheinlichkeit nach in der Arbeit abgefragt werden würde: Es ging um alles, was mit Zellen zu tun hatte. Wie öde.

Zellstrukturen, Biomembranen, Chloroplasten, Mitochondrien, Zellkerne, die Bedeutung enzymatischer Prozesse, der Einfluss von Substratkonzentrationen, kompetitive und allosterische Hemmung – und natürlich die Energiebindung durch Photosynthese.

Hatte sie genug gelernt? Bestimmt.

Hoffentlich.

Kurz bevor sie in den Schlaf glitt, sah Felicitas das Gesicht von Nes vor sich und dachte: ‚Wenn Nes die herausfordernde Prüfung zur „Feuerzunge“ besteht, dann werde ich ja wohl so eine bescheuerte Bio-Arbeit hinbekommen.

Ich muss vor allem lernen, so selbstbewusst zu sein wie Nes. So sicher. So zielstrebig. Von ihr kann ich mir das abschauen. Weil wir uns so ähnlich sind.

Ja, man kann sogar sagen: ‚Nes ist genau wie ich!‘

„Man soll das Feuer in seiner Seele
nie ausgehen lassen, sondern es schüren.“
Vincent van Gogh

Feuerzunge – 12. Kapitel

Nes erwachte, als Pyros ihr mit seiner Zunge über das Gesicht leckte. Draußen war es schon hell. Sehr hell.

„Bäh. Du bist echt widerlich. Na, komm her.“

Sie zog ihren Hund zu sich auf den Strohsack und legte ihre Wange auf sein Fell.

Wieder landete das feuchte Maul des Rüden an ihrer Nase.

„Hey! Ein bisschen mehr Respekt wäre schon angesagt. Ich bin jetzt eine ‚Feuerzunge‘, mein Lieber.

Wahnsinn, oder? Das heißt: Ich darf von nun an überall öffentlich auftreten. Ich darf mit meiner Kunst Geld verdienen. Und ich darf andere ausbilden. Hörst du: Ich bin eine anerkannte Meisterin. Eine Meisterin. Eine MEISTERIN! Wow.“

Die junge Frau richtete ihren Oberkörper auf und wollte sich auf ihre Ellenbogen stützen, ließ sich aber mit einem leisen Stöhnen wieder nach hinten fallen.

„Aua … diese dämliche Brandwunde. Das tut verflucht weh. Der Schmerz zieht den ganzen Arm lang. Mist. So was hätte eigentlich nicht passieren dürfen. Weißt du, Pyros, ich unterschätze die Gefahr des Windes jedes Mal. Leider. Aber Feuer und Wind sind einfach keine guten Gefährten. Jedenfalls nicht in Gesellschaft von Feuerspuckern. Merk dir das!"

Der Rüde rollte sich herunter und begann, aufgeregt vor der Bettstatt hochzuspringen.

Nes nahm seinen Kopf zwischen beide Hände. „Wir gehen gleich raus. Keine Sorge. Lass mich nur schnell packen. Dann können wir nach dem Frühstück direkt weiterziehen."

Sie stand auf und sagte fröhlich. „Gestern Abend hat mir jemand gesteckt, dass im Osten nächste Woche ein bedeutender Fürstensohn heiratet. Drei Tagesreisen entfernt. Wäre doch eine gute Gelegenheit, ihm meine… nun… meine jetzt meisterlichen Fähigkeiten anzubieten.

Gerade die Idee mit dem flammenden Herzen wird bei einem Hochzeitsfest garantiert für Furore sorgen. Und wer verliebt ist, bei dem sitzt auch der Geldbeutel locker. Außerdem gibt es da bestimmt was Feines zu essen."

Pyros winselte und reckte den Kopf. Erwartungsvoll.

Nes steckte ihre wenigen Habseligkeiten in einen Leinensack. „Ja, du hast Recht. Außerdem stimmt die Richtung. Nach Osten. Denn jetzt… jetzt beginnt unser Abenteuer erst richtig."

Sie hielt in ihrer Bewegung inne. „Ich möchte zu gerne herausfinden, ob es im Orient tatsächlich Frauen und Männer gibt, die mit dem Feuer sprechen können.

Ich weiß, das ist vermutlich nur ein Bild. Aber ich verstehe, was die Troubadoure sagen wollen, wenn sie davon in ihren Liedern singen: Diese geheimnisvollen

Feuermenschen müssen die Flammen nicht zähmen, sie werden … ja, sie werden eins mit ihnen. Irgendwie. Ihre Herzen sind so voller Feuer, dass ihnen die Flammen in allem vertraut sind.

Und wenn es stimmt, was die Sänger verkünden, dann lebt er wirklich dort … irgendwo … der ‚Herr der Feuers', ein weiser Gelehrter, der mich die verzehrende Sprache der Flammenzungen lehren kann."

Sie schaute auf ihre langen Finger. Versonnen. „Ich dagegen habe das Gefühl, dass ich mit meinen Gaukeleien noch ganz am Anfang bin. Ach, Pyros. Die Flammen sind voller Rätsel, die ich nicht gelöst habe. Doch ich werde sie lösen. Versprochen. Davon träume ich all die Jahre."

Nes hatte ihre Besitztümer gepackt.

Sie schaute sich noch einmal im ganzen Zimmer um, dann stieß sie tatendurstig die Luft aus. „Komm, du Streuner. Lass uns aufbrechen und die Welt entdecken!"

Ein leises Klopfen riss die Gauklerin aus ihren Gedanken.

„Wer ist das denn? Hallo?"

„Ich bin's! Marten! Darf ich eintreten?"

Mit einem Sprung war Nes an der Tür und öffnete sie. Der Sohn des Gaukler-Königs hielt ihr verlegen einen rötlichen Tiegel hin.

„Hallo, Nes! Schön, dich zu sehen. Ich … also … du warst überwältigend gestern. So unglaublich beeindruckend. Wirklich. Und … und dann hast du auch noch spontan einen neuen Trick erfunden … nur um das Feuer an deinem Ärmel zu löschen. Brillant …"

„Du hast es gemerkt?“

Marten hob neckisch die Schultern. „Klar. Ich habe genau hingeschaut. Zu dir. Und ich bin ein ganz guter Beobachter. Ich hoffe … also … ich … ich hoffe nur, dass ich … dass ich alle deine Botschaften richtig verstanden habe …“

Noch immer streckte Marten Nes den Tiegel entgegen. Die junge Frau senkte verlegen den Blick und murmelte: „Äh … wolltest du nicht hereinkommen? Und warum drückst du mir dauernd diesen Topf ins Gesicht?“

Der Sohn des Gaukler-Königs ließ die Hand sinken. „Entschuldige … ich … ich bringe dir eine Salbe … gegen Brandwunden … die heilt … und kühlt … und macht noch irgendwas sehr Gesundes … sagt jedenfalls meine Mutter …“

Ehe Nes etwas entgegnen konnte, hatte Marten den kleinen Deckel abgenommen, seinen Finger in die Salbe getunkt und angefangen, die tiefrote, verletzte Haut an ihrem Oberarm einzureiben.

Unendlich sanft.

Mehr ein Streicheln als ein Verarzten.

Zärtlich zogen seine Fingerspitzen über die Brandstelle. Und bald auch über den Rest ihres Arms. Über ihre Schulter. Ihren Hals …

Unwillkürlich schloss Nes die Augen und genoss die weichen Berührungen.

„Was machst du da?“

Die Silben schienen in ihrem Mund gefangen zu sein und sich einzeln den Weg nach außen bahnen zu müssen.

Marten antwortete nicht. Stattdessen legte er den Arm um die junge Frau und küsste sie.

Scheppernd fiel der Tiegel mitsamt dem Deckel zu Boden, doch die beiden hörten es nicht einmal.

Erst als Pyros neben dem Paar anfing zu bellen, löste sich Nes wieder.

„Marten, ich … ich wollte gerade … aufbrechen."

Er stupste sie mit dem Zeigefinger auf die Nase. Doch seine Stimme wurde ernst. Ernst und fürsorglich.

„Und wenn es mich beunruhigt, dass du so allein durch die Welt ziehst? Wenn ich mir wünsche, dass du bei mir bleibst, weil ich keinen Tag mehr ohne dich verbringen möchte?"

Nes krallte sich an seinem Hemd fest. Stotternd sagte sie: „Im Osten, da gibt es eine fürstliche Hochzeit … da will ich gerne auftreten. Und danach ziehe ich weg … weit weg."

Der Gaukler-Prinz grinste. „Aha, du willst auf einer Hochzeit tanzen? Kein Problem, das kannst du haben. Aber wenn, dann bitte auf deiner eigenen. Falls du verstehst, was ich meine."

Er ging verschmitzt vor Nes in die Knie und erklärte aufgeregt: „Nes. Ich liebe dich. Und wenn dieses feurige Herz gestern nicht nur einer deiner Tricks war, dann liebst du mich auch."

Marten sah sie voller Begehren an. „Nes, möchtest du mich heiraten? Ja, ich meine das ernst: Willst du meine Frau werden? Bitte sag Ja."

Die Gauklerin stieß überrascht die Luft aus. „Marten … ich bin jetzt eine ‚Feuerzunge' … ich dachte … ich …

erkunde erst einmal die Welt der Flammen … da gibt es für mich noch so viel zu lernen …“

Marten erhob sich wieder, trat auf sie zu und verschloss ihr den Mund mit einem weiteren Kuss.

Kaum hatte er sich von ihrem Gesicht gelöst, flüsterte er in ihr Ohr: „Hast du mir nicht von der weisen Künstlerin erzählt, die dir einst etwas Wertvolles verheißen hat: ‚Es kommt vor allem auf das Feuer an, das in uns brennt‘?

In mir, Nes, tobt eine wahre Feuersbrunst. Für dich. Glaub mir, da gibt es eine Menge zu erforschen. Genug für ein ganzes Leben.“

Er strich mit dem Mund über ihre Wange und sagte, während seine Lippen die ihren berührten, halb küssend, halb sprechend: „Du brennst vor Liebe … und ich brenne vor Liebe. Lass uns zusammen brennen!

Lass die Flammen unserer Liebe miteinander tanzen. Weil das die höchste Kunst von allen ist. Kostbarer als jede noch so artistische Kunstfertigkeit.“

Marten bemerkte, dass ihr Blick zu dem Beutel mit dem Bärlapppulver schweifte. Vorsichtig legte er ihr die Hände auf die Schultern und nickte leicht.

„Nes. Natürlich wirst du weiter Feuer spucken. Du bist ja jetzt eine ‚Feuerzunge‘. Die erste weibliche ‚Feuerzunge‘ der Welt. Darauf bin ich unfassbar stolz. Ja, ich bin so stolz auf dich. Am liebsten würde ich sofort eine Ballade über deine Feuerkunst schreiben.

Aber bleib hier! Hier bei mir!

Ich verspreche dir, dass ich alles tun werde, um dich glücklich zu machen. Also: Willst du meine Frau werden?"

Da löste sich etwas in Nes. Ein Band, das sich seit Jahren um ihr Herz gelegt und es zusammengedrückt hatte. So intensiv war dieses Befreiungsgefühl, dass die junge Frau einen Augenblick glaubte, jeder Mensch in diesem Stadtviertel müsse genauso empfinden.

Natürlich … ihr unbändiger Wunsch, die Flammen als Feuerspuckerin zu beherrschen … dieser Wunsch …. das war nichts anderes gewesen als ein Ausdruck für ihre brennende Sehnsucht, das Feuer ihrer Gefühle in den Griff zu bekommen.

Nicht gestern Abend während der Prüfung auf dem Burghof, nein, jetzt, in diesem Augenblick, in ihrer Kammer, wurde sie wahrhaft zur ‚Feuerzunge', zu einer Frau, die über das Feuer in ihrem Inneren bestimmen konnte. Die den Emotionen in sich, die viel heißer brannten als alle Flammen der Welt, nicht mehr hilflos ausgeliefert war.

Sie konnte ihre Gefühle nunmehr zähmen, so wie man Wildpferde zähmt: Sie bleiben kraftvoll und ungestüm, setzen ihre stürmische Energie aber fortan für die Menschen ein.

Endlich.

Stolz drückte Nes den Rücken durch, schaute Marten in die Augen und sagte, als sei das etwas ganz Selbstverständliches: „Ja, ich will!"

„Ja, ich will?“

„JA, ICH WILL?“

Wie bitte?

Häh?

Nein!

Nein, nein und nochmals nein!

Was sollte das denn?

Verwirrt starrte Felicitas das Buch in ihrer Hand an und blätterte mehrmals hektisch die letzten Seiten des Kapitels vor und zurück.

Dann klappte sie wutentbrannt den Roman zu und warf ihn angewidert an die Wand.

So ein Blödsinn!

Da hatte sich irgendjemand … irgendein Schwachkopf … einen Scherz erlaubt. Und zwar einen peinlich schlechten.

Das Ende der Geschichte stimmte nicht. Das war falsch. Definitiv.

Felicitas schüttelte angewidert den Kopf und schnitt eine Grimasse. Sie wusste, wie die Handlung in Wirklichkeit ausging.

Nes entscheidet sich nicht für die Sicherheit.

Im Gegenteil: Sie wählt das Abenteuer. Sie zieht los und macht sich auf die Suche nach dem sagenumwobenen „Herrn des Feuers“, der in einem fernen Land hinter der Wüste leben soll.

Ihr Freiheitsdrang ist dermaßen groß, dass sie Marten zwar küsst, aber diesen Kuss unbeirrt als „Reiseproviant“ bezeichnet, der sie auf ihren Wegen stärken soll – und der sie von nun an daran erinnert, dass es für die ‚Feuerzunge' einen Grund gibt, eines Tages zurückzukehren.

Dann streichelt sie ihm ein letztes Mal über die Wange und geht davon. Ohne sich noch einmal umzusehen.

So endete sie, die dramatische Legende der „Feuerzunge". So und nicht anders. Und vor allem nicht so pathetisch blass wie eben.

Mit schriller Stimme rezitierte Felicitas: „Lass die Flammen unserer Liebe miteinander tanzen."

Was für ein kitschiger Mist!

Auf ein derartiges Gesülze hätte sich die echte Nes niemals eingelassen. Die hatte Mut und Charakter.

Erbost fixierte Felicitas das aufgeschlagene Buch auf dem hellgrauen Teppichboden mit ihren Augen: In dieser unbeholfenen, fehlerhaften Version gab Nes ja quasi ihre Träume auf. Wie absurd.

Das hieß doch nichts anderes als: Sie verriet die Ziele, für die sie all die Jahre gelebt und gearbeitet hatte. Ihre Hoffnung, ihre Leidenschaft, ihre Hingabe, ihre Erfüllung.

Warum hätte sie das tun sollen?

Gut, Marten wurde als attraktiver und charmanter Jüngling beschrieben. Aber der Roman handelte doch gerade davon, dass eine junge Frau in sich die Kraft findet, ihren eigenen Weg zu gehen. Die konnte nicht plötzlich heiraten und sich dem Willen ihres Mannes fügen. Wer auch immer diesen lächerlichen Schluss geschrieben hatte: Er hatte die eigentliche Botschaft des Buches nicht verstanden.

Felicitas stutzte.

Langsam!

Oder… hatte sie gerade ein Blackout? Immerhin: Sie hatte ‚Feuerzunge' das letzte Mal mit siebzehn oder achtzehn gelesen, also vor mehr als zwölf Jahren. Konnte es sein, dass ihre Erinnerung ihr einen Streich spielte? Dass sie in ihrer Phantasie im Lauf der Zeit ein eigenes Wunsch-Ende entwickelt hatte? Also, dass sie diesen schmalzigen Ausgang verdrängt hatte?

Nein.

Auf keinen Fall.

Sie hatte den Roman als Jugendliche geliebt und vermutlich zehn Mal oder noch öfter verschlungen. Sie hatte quasi in der Welt von Nes gelebt. Gemeinsam mit der wagemutigen Feuerspuckerin. An ihrer Seite.

Und sie erinnerte sich ganz genau daran, wie ihr, als sie selbst das erste Mal auf einer Party einen Jungen geküsst hatte, das schöne Wort „Reiseproviant" durch den Kopf gegangen war. „Küsse sind wie Reiseproviant, man kann von ihnen zehren."

Dieser Gedanke erfüllte Nes im Original. Und deshalb gab es gar keinen Zweifel: Die Heldin zog am Ende los. Auf und davon.

Das aber bedeutete: Der Schluss des Romans war offensichtlich verändert worden.

Wie dumm. Und wie schade.

Viele Passagen aus „Feuerzunge" hatte Felicitas damals sogar auswendig gelernt – und natürlich hatte es ihr jedes Mal ein bisschen das Herz gebrochen, wenn Nes den feurigen Heiratsantrag von Marten abgelehnt und sich mit Pyros auf den Weg ins Ungewisse gemacht hatte. So zielstrebig. So entschlossen. So ungestüm.

Ach, Nes!

Ja, sie hatte Marten geliebt.

Also: Nes hatte Marten geliebt. Und doch war der Gauklerin bewusst gewesen, dass sie erst einmal sich selbst finden musste, bevor sie heiraten konnte.

Das überwältigende Ende eines in vielerlei Hinsicht inspirierenden Romans.

Nun, vielleicht war ja dem Verlag diese emanzipatorische Zuspitzung wegen irgendwelcher … postmoderner … pädagogischer Prinzipien nicht mehr recht gewesen.

Oder der Autor hatte sich entschieden, in einer Neuauflage den schlichteren Gemütern unter seiner Leserschaft ein gefälligeres Happy End zu gönnen.

Na, dem Verlag würde sie einen gesalzenen Brief schicken. Oder gleich anrufen …

Moment …

Felicitas schloss kurz die Augen. Das alles ergab nur einen Sinn, wenn sie eine andere Ausgabe von „Feuerzunge" gelesen hätte.

Hatte sie aber nicht.

Das … war … ihr … Buch.

Schnell beugte Felicitas sich nach vorne, hob den Roman auf und öffnete die erste Seite:

Für meine wunderbare Patentochter Felicitas zu ihrem 15. Geburtstag. Gut, dass es Dich gibt. Und ich hoffe, dass

Dich die Lebenslust der Heldin Nes genauso ansteckt, wie sie mich früher angesteckt hat. Deine Patentante Johanna.

Das war ihr Buch!

Aber … das konnte doch gar nicht sein.

Litt sie plötzlich unter einer seltenen Form der Frühdemenz?

Entschlossen stand Felicitas auf und rannte mit großen Schritten zum Telefon.

Endlich nahm ihre Mutter ab.

„Andrea Klühe."

„Mama, ich bin's. Erinnerst du dich an das Buch ‚Feuerzunge', das ich als Jugendliche so geliebt habe?"

Ihre Mutter lachte. „Aber sicher. Übrigens … äh … erst mal: Hallo! Schön, dass du anrufst. Alles klar bei dir?"

„Ja, Mama, pass auf … weißt du noch, wovon der Roman handelt?"

„Felicitas, was ist denn los? Du bist ja ganz aufgeregt. Hey, ich kann dich beruhigen: Ja, das weiß ich noch. Du hast mir doch damals ständig davon vorgeschwärmt, so lange, bis ich das selbst gelesen habe. Na, ein echter Jugendroman für Teenager eben. Hat mir auch viel Spaß gemacht. Hieß die Heldin nicht … Nes? Doch, so hieß sie, und sie …"

„Mama, wie ging die Geschichte aus?"

„Was hast du denn?"

„Bitte sag mir einfach, wie die Geschichte endet."

Ihre Mutter räusperte sich. „Warte mal … ja, ich erinnere mich. Nachdem Nes diese schwierige Prüfung zur

‚Feuerzunge' mit Bravour bestanden hat, macht ihr der singende Zigeunerprinz ..."

„Der Sohn des Gaukler-Königs!"

„Richtig, dieser Sohn des Gaukler-Königs macht ihr einen Heiratsantrag. Und sie ... wie war das noch? ... genau: Sie ... puh, ist das lange her ... ja ... sie lehnt den Heiratsantrag ab, weil sie erst noch irgend so einen ‚Herrn des Feuers' finden und ihre Kunst perfektionieren will. Und dann zieht sie frei und glücklich mit ihrem Hund davon."

„Mama, bist du dir da sicher? Ganz sicher?"

Andrea Klühe zögerte keine Sekunde. „Ja. Ich weiß das noch genau, weil wir uns damals öfter darüber unterhalten haben. Das war schließlich in den Wochen, nachdem dein Vater ausgezogen ist. Du warst damals ziemlich durcheinander.

Hey, ich seh das noch vor mir, wie wir beide auf dem Sofa gesessen und intensiv darüber diskutiert haben, ob eine Frau sich erst selbst finden muss ... bevor sie sich bindet ... und ob ich ... also ob ich ... möglicherweise erst zu spät gemerkt habe, dass meine Beziehung zu deinem Vater falsch war, weil ich bei unserer Hochzeit noch so jung war ... noch nicht gefestigt genug ... und mich im Lauf unserer Ehe noch mehr verloren habe ...

Verrückt war das vor allem, weil sich diese mittelalterliche Szenerie aus dem Roman und unsere persönliche Geschichte so ineinander verzahnt haben.

Ach, da fällt mir noch was ein: Bei unseren abendlichen Gesprächen hast du damals zum ersten Mal entdeckt, dass Weißwein doch ganz gut schmeckt. Erinnerst du dich?

Aber sag mal: Warum willst du das denn überhaupt von mir wissen?"

Felicitas schwieg kurze Zeit. Dann sagte sie: „Ich habe ‚Feuerzunge' gestern und heute noch mal gelesen. In einem nostalgischen Anflug. Und ... jetzt ... jetzt geht der Roman auf einmal anders aus ..."

„Hä? Wie anders?"

„Nes nimmt den Heiratsantrag von Marten an und bleibt bei ihm."

„Quatsch!"

Die junge Frau musste über den energischen Ton ihrer Mutter schmunzeln. Doch dann wurde sie gleich wieder ernst. „Nein. Genau so ist es. Nes entscheidet sich, auf ihre Abenteuer zu verzichten, um mit Marten glücklich zu werden."

„Nie im Leben!" Andrea Klühe gab ein abfälliges Geräusch von sich. „Nes ist eine emanzipierte, eigenständige Frau. Gerade das hat mir ja so gut an ihr gefallen. Die verzichtet doch nicht auf ihre Lebensträume, nur um fortan einem verzogenen Prinzen den Haushalt zu schmeißen. So blöd wäre Nes niemals.

Dieser grandiose Schluss mit der Verweigerung stereotyper Frauenrollen war die entscheidende Stärke des Romans. Du musst da irgendetwas durcheinander gebracht haben, meine Liebe. Vielleicht ..."

Felicitas unterbrach ihre aufgebrachte Mutter: „Nein. Der Roman hat ein verändertes Ende. Glaub mir. Obwohl es garantiert mein altes Buch ist. Vorne ist noch die Widmung ..."

Andrea Klühe schien gar nicht zuzuhören: „Ach … papperlapapp … Bücher haben keinen neuen Schluss."

„Hallo Mama, ich, deine Tochter, sage dir, dass der Roman ‚Feuerzunge' jetzt anders ausgeht …" Felicitas stieß jede Silbe im Stakkato aus.

Daraufhin sog ihre Mutter hörbar die Luft ein: „Pass auf. Schick mir das Teil zu."

„Glaubst du mir etwa nicht?"

„Doch. Klar! Aber: Vertrauen ist gut, Kontrolle ist besser. Damit wir ernsthaft über deine … kuriose … Behauptung sprechen können, will ich das mit eigenen Augen gesehen haben. Steck das mysteriöse Buch in einen Umschlag und bring's auf die Post, dann hab ich es morgen bei mir. Ich lese … das neue Ende … und wir sind auf demselben Wissensstand. Da lässt es sich doch gleich viel besser reden. Einverstanden?"

Felicitas war froh, dass ihre Mutter nicht sehen konnte, wie sie das Gesicht verzog. „Also gut. Und dann telefonieren wir … warte mal, ich habe morgen Spätschicht … ist es in Ordnung, wenn ich um halb elf noch anrufe?"

Andrea Klühe schien pikiert: „Ich bin doch keine alte Schachtel, die um neun im Bett liegt. Also … kein Problem. Ich bin ja echt neugierig, was du dir da wieder ausgedacht hast."

„Mama, ich habe mir das nicht ausgedacht."

„Ja ja, wir reden dann morgen. Tschüss."

Frustriert schaute Felicitas den Telefonhörer an, nachdem ihre Mutter einfach aufgelegt hatte. Aber das war ja wieder mal typisch. Wenn Andrea Klühe etwas nicht passte, dann tat sie einfach so, als gäbe es das Problem überhaupt nicht.

Wenig später hatte die junge Frau den Roman zur Post gebracht und machte sich auf den Weg zur Arbeit.

Spätschicht.

Florian Rothermund stand in der Wohnungstür und blinzelte misstrauisch durch seine erstaunlich dicken Brillengläser. Sein Bademantel war falsch geknöpft und hing ihm dermaßen schräg vor dem Bauch, dass Felicitas lächeln musste. Außerdem hatte er sich wieder mal nicht rasiert.

Der alte Mann war seit einigen Monaten ihr Lieblingspatient, auch wenn er seinen Unmut über die Pflegekraft pausenlos zum Ausdruck brachte.

„Sieh an. Da ist ja wieder die junge Frau, die mich an meine ‚erheblich eingeschränkte Alltagskompetenz‘ erinnern will. So nennt man das doch in Ihren Kreisen, nicht wahr: ‚Erheblich eingeschränkte Alltagskompetenz‘. Oder auch Pflegestufe 0. Überhaupt: Pflegestufe. Was für ein dämlicher Ausdruck! Wenn man die dritte Stufe erreicht hat, ist man ja nicht etwa einen Schritt höher, sondern ganz unten.“

Felicitas reichte ihm die Hand. „Es gibt auch Stufen, die runterführen. Darf ich reinkommen?“

„Muss das sein? Ich kenne Sie, Sie wollen mich ja doch nur quälen.“

„Richtig“, erwiderte die junge Frau, „darum bin ich eigentlich hier. Weil ich damals durch die grauenerregende

Aufnahmeprüfung im Club der Sadisten durchgefallen bin, habe ich mich zur Krankenpflegerin ausbilden lassen. Das war am Nächsten dran. Und ich glaube, ich zeige auf diesem Gebiet ein besonderes Talent."

Rothermund schaute sie verblüfft an, dann brach er in ein hustendes Kichern aus und machte einen Schritt zur Seite. „Sie gefallen mir! Kommen Sie rein."

Solche skurrilen Anfangsdialoge waren für die beiden in den vergangenen Wochen zu einem kleinen Ritual geworden. Sprich: Felicitas wurde grundsätzlich erst dann in die Wohnung gelassen, wenn sie ihren Patienten durch eine freche Bemerkung oder ein überraschendes Bonmot aufgeheitert hatte. Und inzwischen freute sie sich jedes Mal auf das Geplänkel, wenn sie sich dem Haus des Alten näherte.

„Was machen Sie gerade?"

„Ich lese!" Florian Rothermund deutete auf seinen Schreibtisch. Dort lag ein seltsames Buch, dunkelbraun und mit Goldschnitt, wie Felicitas noch nie vorher eines gesehen hatte.

„Was ist das denn?"

Der Alte legte den Kopf schräg. „Man nennt es ‚Buch'. Viele Menschen halten solche … ‚Bücher' … für eine der größten Kulturleistungen der Menschheit – was aber offensichtlich nicht jeder …"

„Herr Rothermund … verarschen kann ich mich selbst. Was ist das für ein Teil?"

Er schlurfte zum Schreibtisch, nahm das fast würfelförmige Gebilde und drückte es liebevoll an seine Brust.

„Dieses Buch ist eine Rarität. Es wurde 1685 gedruckt. Ein sogenannter ‚Drillingseinband'. Hier, schauen Sie!

Es sind quasi drei Bücher in einem. Literarische siamesische Drillinge. Zwischen die beiden Einbände der äußeren Bücher ist das mittlere in die entgegengesetzte Richtung eingebunden. Sie können also praktisch von beiden Seiten aus lesen. Das ist eine bibliophile Kostbarkeit sondergleichen. Es gibt davon auf der Welt nur einige wenige Exemplare.

Zudem ist dieser Drillingseinband auch inhaltlich klug gestaltet: Wir haben es hier mit einer Biblia Germanica zu tun – einer frühen Lutherbibel –, und das in die Mitte eingebundene Buch ist das Neue Testament, umschlossen … oder besser gesagt: eingerahmt von den beiden Teilen des Alten Testaments, also auf der einen Seite von den fünf Büchern Mose bis zum Hohelied und auf der anderen Seite von den Propheten.

Fühlen Sie mal, wie herrlich rau dieses uralte Leder ist."

Er nahm mit zitternden Fingern ihre Hand und legte sie auf die Antiquität.

„Herr Rothermund. Wir sollten Sie rasieren!"

Der Alte schnaufte unwillig. „Wenn, dann rasieren Sie mich. Ihr unpassendes ‚Wir' können Sie sich wirklich sparen. Ich möchte mal wissen, woher das immer kommt: ‚Wie geht's *uns* denn?' ‚Wo fehlt's *uns* denn?' ‚*Wir* wollen beten!' Ständig erlaubt sich jemand, mich zu vereinnahmen.

Aber ich sag Ihnen was, junge Frau: Wer mit der Sprache unsauber umgeht, dessen Gedanken arbeiten auch unsauber. Und davor sollten wir uns hüten, wenn wir nicht jegliche Kultur verlieren wollen."

Felicitas seufzte: „Sie haben Recht. Also: „*Ich* sollte Sie rasieren!“

Florian Rothermund hielt weiterhin ihre Hand fest. „Gleich. Es ist wichtiger, dass Sie einmal im Leben 330 Jahre altes Leder berührt haben, als dass ich alter Sack ein glattrasiertes Kinn bekomme. Sieht mich ja ohnehin keiner. Also: Bitte!“

Die junge Frau schnaubte: „Das Buch fühlt sich wirklich toll an, aber dafür werde ich leider nicht bezahlt.“

„Blödsinn! Sie sollen doch dafür sorgen, dass es mir gut geht. Hab ich Recht? Na also. Mir geht es gut, wenn Sie die einzigartige Haptik dieses Einbands erlebt haben.

Und wenn Sie einmal daran gerochen haben. Und zwar intensiv. Das ist nämlich der Geruch guter Geschichten. Der Duft des Himmels.“

Kopfschüttelnd gab die junge Frau nach. Sie schloss die Augen, ertastete die verschiedenen narbigen Teile des Umschlags und hielt sich die Antiquität schließlich auch an die Nase.

Leder. Staub. Muffigkeit.

Aber auch … Zimt, Karamell und Kardamom.

Aufregend. Als drängten die Gerüche der Welt, von der in den Büchern erzählt wurde, nach draußen. Für einen kurzen Moment fühlte sie sich wie auf einem orientalischen Basar.

„Danke. Das ist eindrucksvoll. Lesen Sie viel in diesem … wie haben Sie diese Kostbarkeit genannt? … ‚Drillingsband‘?“

Florian Rothermund zog ihr das Buch wieder aus der Hand, achtsam, als übernähme er ein Neugeborenes. „Leider nicht. Meine Augen."

Er zeigte auf eine große Lupe. „Das Buch ist eine kleinformatige Ausgabe. Manchmal gönne ich mir ein paar Zeilen. Aber das wird mir schnell zu anstrengend. Zum Glück habe ich noch eine Bibel in Großdruck, die kann ich einigermaßen entziffern … wenn mir danach ist …

So, jetzt, da wir uns um die wichtigen Dinge gekümmert haben, können Sie mich gerne rasieren. Wenn Sie das unbedingt brauchen."

Wenig später saß Florian Rothermund im Bad vor seinem weißgerahmten, runden Spiegel und starrte sein Spiegelbild missmutig an.

„Au. Was ist denn heute los mit Ihnen, Felicitas? Das ist jetzt das dritte Mal, dass sie mir wehtun. Erst rasieren sie mir das halbe Ohr weg, dann amputieren Sie mir beim Schneiden der Zehennägel fast den Fuß und jetzt kämmen Sie mich, als würden Sie Unkraut rupfen … Habe ich Ihnen irgendwas getan?"

„Entschuldigung." Felicitas drehte den Kamm zwischen ihren Fingern. „Ich bin unkonzentriert. Tut mir leid."

„Wenn Sie mit mir darüber reden wollen …"

„Herr Rothermund. Sie wissen doch, dass meine Chefin, was die Zeit angeht, immer pingeliger wird …"

Sie wollte wieder anfangen, ihn zu kämmen, doch er hielt ihren Unterarm fest. „Kein Mensch sieht, ob ich gekämmt bin. Aber jeder sieht, dass Sie was auf dem Herzen haben. Also: Was ist?

Sehen Sie, wenn man alt wird, hat man keine Lust mehr, sich um Unwichtiges zu kümmern. Ich unterschreibe Ihnen auf Ihrem grässlichen Zettel nachher auch alles, was Sie wollen … oder was Ihre Chefin erwartet …“

Er sah Felicitas erwartungsvoll an.

Schließlich ließ sie die Hand mit dem Kamm sinken und sagte: „Ich bin ziemlich durcheinander. Weil mir etwas ganz und gar Unmögliches passiert ist …“

Und dann erzählte sie.

Ausführlich.

Von „Feuerzunge“. Von Nes. Von Marten. Von Pyros. Von der Prüfung. Vom Feuertanz.

Und … vom verkehrten Ende des Romans.

„Es kann eigentlich überhaupt nicht sein. Und doch geht der Roman jetzt falsch aus. Nicht so, wie es sein soll.“

Florian Rothermund musterte ihr Gesicht. Bestimmt eine Minute lang.

Dann sprang ein Lächeln auf seine Lippen. „Sie möchten gerne, dass der Roman anders ausgeht, nicht wahr? Das verstehe ich. Nes ist genau so wie Sie.“

„Das Gehirn ist nicht nur ein Gefäß,
das gefüllt werden muss,
sondern ein Feuer, das entfacht werden will.“
Plutarch

Feuerzunge – 4. Kapitel

Nes bemerkte den jungen Mann erst, als der Streit eskalierte. Und da war es fast schon zu spät.

Sie saß in einer kaum erleuchteten Nische der Schänke, in der Nähe der Tür, die zum Abort führte, also an einem Platz, an dem es jämmerlich zog und an dem sich jedes Mal, wenn jemand austreten musste, die bitter-süßen Ausdünstungen der Fäkalien einen Weg ins Innere des Wirtshauses bahnten.

Die junge Frau hatte ihr schmales Gesicht mit Ruß und Dreck entstellt, ihre langen Haare unter einem groben, fleckigen Kopftuch verborgen und sich mit einer scharfen Messerklinge mehrere übel aussehende Schnitte an den Händen und am Hals zugefügt, deren aufgekratzter Schorf den Eindruck erweckte, sie litte an einer ansteckenden Krankheit. Ein abstoßender Anblick.

Doch trotz dieser schmerzhaften Vorsichtsmaßnahmen schlief Nes meist im Wald. Das war sicherer. Nur gelegentlich, wenn sie wieder einmal die Sehnsucht nach einem deftigen Essen, einem weichen Strohsack und etwas warmem

Wasser überwältigte, kehrte sie in einen Gasthof ein und setzte sich damit der Gefahr aus, belästigt zu werden.

Frauen reisten nicht ohne Begleitung. Zumindest sollten sie es nicht tun. Das hatte sie oft genug von ihren Eltern gehört, es war ihr aber unmissverständlich klar geworden, als ihr fünf Tage zuvor ein Betrunkener bei den Ställen aufgelauert hatte, um sie ins Gebüsch zu zerren.

Wäre der Mann nicht alkoholisiert und allein gewesen, dann hätte sie vermutlich keine Chance gehabt.

So aber hatte sie ihm erst einen festen Tritt in den Unterleib verpasst und ihm dann blitzschnell ihre scharfe Klinge an die Kehle gedrückt. Fluchend war er davongezogen. Ihr Herz aber hatte noch Stunden danach schneller geschlagen.

Dennoch war sie am heutigen Abend erneut in einem Gasthof hängen geblieben, weil es den ganzen Tag geregnet hatte und sie ihr durchnässtes Gewand trocknen musste.

Jetzt saß sie fröstelnd in der dunkelsten Ecke des Schankraums vor einem Becher mit Bier und einem undefinierbaren Eintopf, der zum größten Teil aus Rüben zu bestehen schien, aber immerhin heiß war.

Dann begann der Ärger.

Nes fiel anfangs nur auf, dass einige Männerstimmen lauter wurden. Beschimpfungen flogen hin und her. Und jemand schrie mehrfach mit hoher, unangenehmer Stimme: „Du warst das. Ich erkenne dich wieder!“

Jetzt erst sah sie, dass mehrere angetrunkene Landsknechte einen Spielmann an der Theke eingekesselt hatten. Einen großgewachsenen, feingliedrigen Kerl mit tiefschwarzen

Haaren, der besänftigend auf die pöbelnden Männer um sich herum einsprach, während er versuchte, die Laute auf seinem Rücken zu schützen.

„Ich habe euren Herrn nicht beleidigt. Gewiss nicht. Dass er aus diesem Turnier ausnahmsweise nicht als Sieger hervorgegangen ist, war doch nicht meine Schuld. Ich bitte euch: Lasst mich gehen."

Er zog lasziv einen Mundwinkel hoch. „Wenn ihr wollt, dann singe ich euch die aufreizende Ballade von den beiden willigen Kurtisanen, die wissen, wie man galante Herren so richtig verwöhnt. Wenn ihr versteht, was ich meine. Das Lied heißt ‚Die wilden Köhler-Schwestern'. Na, wollt ihr es hören?"

Der Wortführer der Soldaten, ein bärtiger, einäugiger Mann mit Glatze, trat einen Schritt auf den Spielmann zu und packte ihn am Hemd: „Du hast unseren edlen Herrn einen Popanz genannt."

„Auf keinen Fall!" Der Sänger schüttelte den Kopf und suchte mit schnellen Blicken nach einer Fluchtmöglichkeit. Doch die Männer umringten ihn längst von allen Seiten.

„Wenn ich mich wirklich im Ton vergriffen haben sollte, dann bitte ich inständig um Vergebung. Nie käme es mir in den Sinn …"

„Hör auf, so geschwollen daherzureden. Du hast gesungen, unser Landgraf sieht beim Lanzenstechen aus, als sitzt er auf einem Schaukelpferd. Das ist nicht lustig …"

Der Bedrängte hob beschwichtigend die Hände. „Ja, war blöd von mir. Männer, kommt, ich lade euch zu einer Runde ein und wir vergessen die ganze Geschichte …"

Der Bärtige zog den Spielmann zu sich heran. Mit zusammengekniffenem Mund fauchte er ihm ins Gesicht: „Du hast die Ehre unseres Herren in den Schmutz gezogen. Und damit auch unsere Ehre. Meine Ehre! Diene ich etwa einem Popanz?“

Dann stieß der Soldat den Musiker brutal nach hinten gegen den Schanktisch.

Ein grauenhaftes Knacken erklang.

Erst glaubte Nes, das Rückgrat des Mannes wäre gebrochen, doch dann sah sie, dass seine Laute zersplittert an ihm hing. Wie ein heller Knochen ragte der dünne Hals zur Seite.

Als der Spielmann bemerkte, dass sein kostbares Instrument zerstört war, rastete er aus. Voller Hass und mit einem schrillen Schrei schlug er dem Glatzkopf die Faust ins Gesicht. Mitten hinein.

Durch die Leiber an den Tischen hindurch sah Nes, dass dem Anführer der Meute das Blut aus der Nase schoss und dass mehrere der Soldaten ihre Schwerter zogen.

Unwillkürlich wichen die anderen Gäste unter aufgeregtem Gemurmel zurück. Selbst der Wirt verzog sich ängstlich in die Küche.

Ohne nachzudenken nahm die junge Frau ihr Messer aus dem Gürtel und stieß es mit aller Kraft in das Fachwerk neben sich. Mit einer einzigen Drehung bohrte sie ein Loch in die Lehmschicht, so lange, bis das dahinter verborgene Stroh hervorquoll.

Feste, knochentrockene Halme.

Mit einem schnellen Griff hielt Nes die Kerze an die seit vielen Jahrzehnten ausgedörrten Pflanzen. Schon Sekunden später erfüllten zuckende Flammen das gesamte Fach neben ihrem Tisch und züngelten gierig die Holzbalken entlang. Mit einem warmen gelben Schein.

Dann sprang die junge Frau behände auf ihre Bank, deutete hysterisch auf die Wand und brüllte, als stünde der Weltuntergang bevor: „Es brennt! Das Haus brennt! Rette sich, wer kann! Gott sei unseren Seelen gnädig."

Die Soldaten, die sich im Gedränge gerade Platz verschafften, um den Sänger anzugreifen, schauten irritiert zu ihr hin, zögerten einen Moment, ließen dann aber ihre Waffen sinken und rannten zum Ausgang.

Ein wilder Tumult entstand, weil nun auch alle anderen Gäste zur Tür stürzten. Stühle fielen um, Tonbecher zersprangen, Flüchtende fielen übereinander und helle Stimmen überschlugen sich.

Nes nutzte das Durcheinander, um zu dem Musikanten zu laufen, der wie ein Irrsinniger zwischen den Menschen hin- und hersprang, und um ihn mit großer Kraftanstrengung durch die Hintertür nach draußen zu ziehen.

In dem hektischen Treiben, das rund ums Haus herrschte, weil die vielen Schaulustigen all diejenigen behinderten, die Wassereimer zum Löschen bringen wollten, war es kein Problem, unbemerkt zu verschwinden.

„Ich wäre da schon alleine rausgekommen!“

Nes schaute den Spielmann empört an. „Was bist du denn für ein Hornochse? Ich habe dir gerade das Leben gerettet und du spielst hier den Helden?“

Der Schwarzhaarige zuckte mit den Achseln. „Das ist nicht das erste Mal, dass jemand sich über meine übermütigen und bisweilen … na, sagen wir … unverfrorenen Texte aufregt. Eigentlich freut mich das sogar. Ich möchte ja, dass die Lieder, die ich präsentiere, etwas bewegen. Je mehr, desto besser.“

Er hielt triumphierend drei kleine Lederbeutel hoch. „Guck mal. Ich habe einigen der tumben Soldaten in dem Chaos noch ihre Geldbeutel abgenommen. Das dürfte sogar für eine neue Laute reichen. Du siehst, es ist alles gut ausgegangen.“

Nes schüttelte den Kopf. „Tja, nur, dass du eben fast deine letzte Ballade gesungen hättest. Mit ein paar Schwertern im Bauch trällert es sich nämlich nicht mehr ganz so selbstbewusst.“

„Soll ich uns ein Feuer machen, meine große Retterin? Es ist ziemlich kalt hier draußen.“

Ohne eine Antwort abzuwarten, fing der Sänger an, Holz zu sammeln.

Empört lief Nes hinter ihm her. „Ach, dann erzähl mir doch mal, wie du es angestellt hättest. Wie wärst du denn den tobenden Landsknechten da drinnen entkommen?“

Lässig antwortete der Mann: „Ich habe einen Hund. Einen großen, aggressiven Kampfhund.“

„Ach ja, und wo ist er?"

Der Spielmann steckte die Finger in den Mund und stieß einen lauten Pfiff aus.

Dann schaute er Nes zufrieden an.

Nichts passierte.

Nach einer Weile fing die junge Frau an zu lachen. „Wahnsinn, sehr furchteinflößend, dein lebensrettender Vierbeiner. Dein Kampfhund. Ich bin beeindruckt."

Noch einmal schickte der Mann einen Pfiff zwischen die dunklen Stämme der Bäume.

Wieder vergeblich.

„Sie kommt. Ganz bestimmt." Seine Stimme klang mit einem Mal besorgt.

„Mag sein. Nur: Hättest du vorhin in der Schenke mit derart überragendem Erfolg gepfiffen, dann wärst du jetzt tot. Mich wundert, dass du überhaupt noch am Leben bist…"

Er richtete sich auf und sagte mit belegter Stimme: „Ich muss zurück. Ich muss sie finden. Vielleicht… vielleicht kannst du ja inzwischen für etwas Wärme auf dieser Lichtung sorgen?"

Dann verschwand er in der Dunkelheit.

Nach etwa einer Stunde kam der Musiker zurück. Auf seinem Arm trug er eine große, wimmernde Hündin, die er sachte in die Nähe des Feuers legte, das Nes in der Zwischenzeit entfacht hatte.

Sie beugte sich zu dem ermatteten Tier. „Na, wirklich gefährlich sieht deine Gefährtin ja nicht aus. Und besonders zuverlässig scheint sie auch nicht zu sein."

Er hielt seine Hände in die Nähe der Flammen. „O doch, aber sie hatte gerade etwas anderes zu tun."

Ein zufriedenes Lächeln zog über sein Gesicht, dann griff der Spielmann in seine Tasche. Wie ein Zauberkünstler. Und plötzlich hielt er einen winzigen Welpen in der Hand, den er der Hündin an den Bauch legte, wo das Neugeborene sofort anfing, an einer Zitze zu saugen.

Wieder verschwand die Hand im Gewand: „Und noch eins. Und noch eins. Erato hat heute Nacht drei Junge bekommen, kein Wunder, dass sie mir nicht zu Hilfe eilen konnte."

„Erato?"

Der Musikant nickte. „Erato ist die Muse der Harfenspieler. Und du kannst mir glauben: Wenn sie nicht gerade wirft, ist sie eine mehr als passable Wachhündin. Jedenfalls war sie bislang immer zur Stelle, wenn ich sie gebraucht habe."

Nes schaute fasziniert auf die Hundebabys, die sich im flackernden Schein des Feuers an ihre Mutter schmiegten. „Na, dann war es ja eventuell doch ganz gut, dass ich diesmal eingegriffen habe."

Mit einer fließenden Handbewegung zog sie sich das Tuch vom Kopf und löste ihre Haare, während sie sich gleichzeitig mit einem Zipfel des Stoffs den Dreck aus dem Gesicht wischte.

Das hatte die erhoffte Wirkung.

Der fahrende Musikant sah ihrer Verwandlung mit großen Augen zu. Dann stotterte er: „Du bist gar … nicht … äh … nur hässlich."

Sie schloss genervt die Augen. „Wie schön, einen echten Meister der Worte getroffen zu haben. Einen, der es versteht, Komplimente zu machen.“

Dann setzte sie sich nah ans Feuer und streichelte die Hündin.

Der Spielmann staunte sie noch immer an. „Wer bist du? Ach übrigens, ich heiße Marten. Und ja, ich bin dir dankbar, dass du mir das Leben gerettet hast.“

‚Ob du das wohl auch dem dreckigen Mädchen gesagt hättest?‘, durchfuhr es Nes.

Laut aber sagte sie: „Wie dankbar?“

„Wie meinst du das?“

Nes deutete auf die Welpen. „Ich bin Nes, und ich möchte einen dieser Hunde haben. Da, den dunklen. Als Zeichen deiner … deiner Dankbarkeit. Ich werde ihn Pyros nennen, angelehnt an das griechische Wort für Feuer.“

Marten schwieg. Lange. Dann lachte er laut in den Wald hinein. „Du bist mir eine. Bei dir weiß man nicht, ob du schön bist oder hässlich, schüchtern oder vorlaut, stark oder schwach.“

Er beugte sich zu ihr und raunte: „Du kannst gerne einen Hund haben. Denn … denn das bedeutet, dass ich …“

Es klang, als müsse er nach einer treffenden Formulierung suchen. „… dass ich dich spätestens in sechs Wochen wiedersehe. Schließlich müssen die Welpen solange bei ihrer Mutter bleiben. Also einverstanden, der Schwarze gehört dir, weil du mir das Leben gerettet hast. Mit einem Feuer.

Das bedeutet: Du bekommst Pyros, das Feuer, für ein Feuer. Das finde ich fair. Ich habe den Eindruck, dass du ohnehin gerne mit dem Feuer spielst."

Da platzte es aus Nes heraus: „Ja, ich möchte eine ‚Feuerzunge' werden."

Martens Miene erstarrte. „Du … du bist eine Frau! Wie soll das denn gehen? Ich meine: Es hat noch nie eine Frau die Prüfung zur ‚Feuerzunge' bestanden. Ich weiß nicht einmal, ob es jemals eine Frau versucht hat. Vermutlich … vermutlich würde … mein Vater sie auch gar nicht zulassen."

„Dein Vater?"

Marten nickte. Gedankenverloren. „Ja … ich bin der Sohn des Gaukler-Königs. Und ich kann dir nur dringend davon abraten, so etwas Irres zu versuchen."

Nes atmete hörbar ein. „Warum? Nur, weil es noch nie eine Frau gewagt hat? Was ist denn das für ein dämliches Argument? Es geht nicht darum, dass ich eine ‚Feuerzunge' sein will … ich … ich muss eine sein. Weil es in mir angelegt ist. Dafür bin ich da. Verstehst du das denn nicht?"

Der junge Mann hielt eine kleine grüne Flasche hoch und zog den Korken heraus: „Hier, trink erst mal was."

„Wieso? Willst du mich beruhigen? Hey, ich will mich gar nicht beruhigen. Ich will tun, wofür ich geschaffen wurde."

Sie riss ihm die Flasche aus der Hand, setzte sie an den Mund und nahm einen großen Schluck.

Der scharfe Schnaps brannte in der Kehle. Daraufhin setzte sie die Flasche gleich noch mal an.

Marten schaute die junge Frau nachdenklich an. „Du wirst vermutlich gar keinen Feuermeister finden, der bereit ist, dich auszubilden."

Nes stocherte mit einem Ast in der Glut, ließ aber die Flasche nicht los.

„Warum bist du so negativ? Du könntest doch auch sagen: ‚Wunderbar, Nes, wie schön, dass du etwas hast, für das du brennst. Geh deinen Weg.'

Stattdessen versuchst du… ja, du versuchst, mir das Leben auszureden. Mein Leben. Findest du das nicht feige und gehässig von dir?"

Der Sohn des Gaukler-Königs hob den Kopf. „Du verstehst das falsch. Ich will dich nur vor einer großen Enttäuschung bewahren."

„Ach!" Nes hatte sich aufgerichtet. „Die einzige Enttäuschung, die ich mir vorstellen kann, wäre, dass ich die Geheimnisse des Feuers nicht ergründen darf.

Also, erzähl bitte nicht so einen Mist. Oder… oder gehörst du auch zu dieser üblen Sorte Männer, die Frauen bestimmte Dinge einfach nicht zutrauen?"

„Nes, ich kenne dich doch kaum."

„Umso lächerlicher ist es, dass du dir erlaubst, meine Sehnsüchte in Frage zu stellen…"

„Hey… sei doch nicht gleich eingeschnappt. Ich meine es doch nur gut mit dir!"

Nes drückte wütend den Korken zurück in den Flaschenhals. „Nein, das tust du nicht. Du meinst es gut mit dir. Mit deinen Werten und Vorstellungen. Nur, weil es nicht in deinen Kopf passt, dass eine Frau eine ‚Feuerzunge' ist …"

Marten unterbrach sie: „Es gibt nun mal keine Frauen, die ‚Feuerzungen' sind …"

Nes hätte später nicht mehr sagen können, was genau sie dazu veranlasst hatte, aber ehe sie sich ganz bewusst war, was sie tat, hatte sie Marten die Flasche mit aller Kraft an den Kopf geworfen.

Der Mann stöhnte kurz auf, dann sackte er einfach nach hinten.

Wütend packte sie ihre Sachen und stapfte davon.

In ihr und um sie herum war alles dunkel.

Alles dunkel.

Erstaunt tastete Felicitas mit ihren Fingern an der Wand entlang, bis sie den Lichtschalter fand. Sie ließ normalerweise immer die Tür zur Küche offen, so dass der Flur ausreichend Licht bekam. Jetzt aber war der Raum absolut finster. Seltsam.

Ein Angstschauer lief der jungen Frau über den Rücken. Dann trat sie einen großen Schritt zurück ins Treppenhaus und rief laut in die Wohnung: „Hallo! Ist da jemand?"

Eine Männerstimme dröhnte aus der Küche. „Ich bin es. Entschuldige, ich habe wieder mal die Küchentür zugemacht. Tut mir leid. Na, das wird dir ja jetzt erst mal nicht mehr passieren. Alles klar bei dir?"

„Laurenz, was machst du hier?"

Felicitas drängte sich an ihm vorbei und stellte die Einkaufstüten auf den Küchentisch.

Er bemühte sich erkennbar, lässig zu klingen: „Feli, ich hole meine Sachen. Kleider, CDs, Bücher und all den Kram. Wie besprochen. Hast du das vergessen? Ich glaube, der Termin heute war dein Vorschlag. Ich hatte jedenfalls keinerlei böse Absichten."

Er machte einen Schritt auf Felicitas zu, um sie zu umarmen, doch sie drehte sich zur Seite.

„Nicht. Bitte nicht!"

Völlig unerwartet fingen die Augen des Mannes an zu glänzen. Nur mühsam konnte er die Tränen zurückhalten. „Feli, wenn ich nur begreifen könnte, was da grad mit uns passiert. Mit dir und mir.

Ist das jetzt das Ende unserer Beziehung? Oder was? Ich meine: Liebst du mich denn überhaupt nicht mehr?"

Felicitas lehnte sich mit dem Rücken gegen den Kühlschrank, der von oben bis unten mit Urlaubskarten vollgepinnt war. „Ich … ich weiß es doch auch nicht. Ich weiß nur, dass ich Abstand brauche. Zeit für mich …"

„Ja, das habe ich schon begriffen. Darum ziehe ich ja auch zurück zu meinen Eltern. Alles wie besprochen.

Aber wie lange brauchst du Abstand? Eine Woche? Zwei Wochen? Ein Jahr …"

„Ich weiß es nicht!" Ihre Worte klangen schärfer als beabsichtigt. „Laurenz, ich habe keine Ahnung. Gib mir einfach ein bisschen Freiraum."

Sie strich sich die Haare aus dem Gesicht. „Trennung auf Probe ist doch gerade total in."

Laurenz schaute an Felicitas vorbei aus dem Fenster. „Bei mir nicht. Ich liebe dich, Felicitas. Und ich will dich nicht verlieren."

Sie hob die Schultern. „Ich weiß. Nur: Wenn du mich nicht verlieren willst, dann gönn mir … was weiß ich … ein paar Tage, ein paar Wochen, um einige Dinge für mich zu klären."

Etwas in Laurenz' Gesicht verkrampfte sich. „Gibt es einen andern? Irgendwas, das ich wissen sollte?"

„Nein. Die Frage hast du mir jetzt schon zwanzig Mal gestellt. Es gibt keinen anderen Mann."

„Aber dann verstehe ich einfach nicht …"

Felicitas legte ihre Hand auf seinen Arm. „Laurenz, wenn du wüsstest, wie sehr ich mir wünsche, das alles zu verstehen. Ich liebe dich doch auch …"

Seine Gekränktheit war in jedem seiner Worte zu hören: „Ach, und das ist deine Art, es zu zeigen? Indem du mich rausschmeißt?

Glaub mir: Es ist für einen Mann verdammt hart, wenn eine Frau seine Heiratsanträge mehrfach ablehnt und ihn immer wieder auf später vertröstet.

Später … später …

Und jetzt willst du auch noch diese idiotische Trennung auf Zeit. Was soll das bringen?

Warum können wir deine … Probleme … nicht zusammen angehen? Hör mal: Es ist doch ein Zeichen guter

Beziehungen, dass die Partner einander helfen? Aber du willst mich nicht dabei haben, wenn es dir schlecht geht. Das tut weh. Das tut tierisch weh. Ich möchte dich einfach gerne unterstützen."

Felicitas setzte sich auf den Küchenstuhl und starrte einen Moment schweigend auf die Einkäufe. Schließlich sagte die junge Frau leise: „Ich bin noch nicht so weit. Sieh mal, mein Leben ist gerade eine einzige Baustelle. Der frustrierende Job, das geringe Gehalt, das abgebrochene Medizinstudium, der Tod meines Vaters und eben unsere Beziehung.

Ich muss meine Gedanken irgendwie mal ordnen. Und das kann ich nicht, wenn du andauernd mit deinen Erwartungen um mich herumscharwenzelst."

Sie hob den Kopf. „Glaubst du denn, mir macht es Spaß, deine Anträge ständig zurückzuweisen? Aber ich werde nicht Ja sagen, solange ich nicht herausgefunden habe, was ich wirklich will."

Mechanisch fing Laurenz an, Joghurtbecher und Käse in den Kühlschrank zu räumen. „Was ist hier mit dem Balsamico-Essig? Der bleibt am Herd, richtig?"

Seine Hand stockte. Er stellte die Flasche auf den Tisch und setzte sich Felicitas gegenüber. „Das heißt, ich soll von jetzt ab bei meinen Eltern hocken und darauf warten, dass du mir irgendwann gnädig verkündest, was du über dich selbst herausgefunden hast?

Immer mit der Angst, irgendwann klingelt das Telefon und du teilst mir mit: ‚Es ist endgültig aus.'"

Felicitas rieb sich die Augen. „Ja, vielleicht … vielleicht wird das passieren. Aber dann wäre es eine ehrliche Antwort. Laurenz, glaub mir, ich hoffe sehr, dass es nicht dazu kommt. Nur wäre es noch viel falscher, dir etwas vorzuspielen. Du bist viel zu kostbar, als dass du dich mit einem halbherzigen Ja zufrieden geben dürftest.

Ich weiß nicht, wie ich dir das erklären soll: Eine laute Stimme in mir schreit ‚Ja', wenn ich an dich denke. Aber eine genauso laute Stimme sagt: ‚Wenn du nicht weißt, wer du bist und wie du dein Leben gestalten willst, dann kannst du auch nicht mit gutem Gewissen heiraten.' Leuchtet dir das ein?"

„Nein!" Er schloss die Kühlschranktür etwas zu heftig. „Sieh mal … ich verdiene doch genug Geld für uns beide. Zumindest würde es reichen. Das bedeutet, du hast alle Möglichkeiten … du musst überhaupt nicht arbeiten. Du kannst zum nächsten Semester dein Studium wieder aufnehmen. Oder dir eine bessere Stelle suchen. Oder einfach ein paar Monate frei machen. Oder wir kriegen erst mal ein Kind …"

„Sag mal, merkst du überhaupt, was du da gerade für einen Schwachsinn erzählst?" Felicitas funkelte ihn an. „Ich brauche keine Beschäftigungstherapie. Mir ist nicht langweilig. Ich versuche verzweifelt herauszufinden, was ich wirklich vom Leben will. Und da hilft es mir null, wenn du mir vorschlägst, halt irgendeinen Müll zu machen …"

„Ich finde Kinderkriegen keinen Müll."

Sie wurde lauter: „Du weißt genau, wie ich das meine. Aber das ist wieder mal typisch Mann.“ Sie imitierte ihn: „‚Ich bin der große Versorger, scheißegal, was die Frau für Träume hat … sie soll doch froh sein, dass ich mich um sie kümmere … dafür kann sie mir ja brav den Haushalt schmeißen.‘“

„Das habe ich nicht gesagt. Ich möchte dir bloß helfen. Für dich da sein.“

„Ach, indem du diesen Neandertaler-Beschützerinstinkt raushängen lässt: ‚Ach, das arme Frauchen!‘“

Ihre Stimme klang immer schriller: „Ja, es ist ab und an ganz nett, beschützt zu werden. Aber vor allem sagt es eines aus: Dass man beschützt werden muss.

Und genau darauf habe ich keine Lust. Ich will nicht beschützt werden, ich will selbst stark sein. Eine starke, unabhängige Frau, die weiß, was sie will. Ich will es alleine schaffen. Weil ich erst dann wirklich reif für eine Ehe bin. Kapierst du das denn nicht?

Ja, ich weiß, dass du das nicht möchtest, aber letztlich drängst du mich einfach in die klassische Frauenrolle. Das ist widerwärtig.“

Jetzt wurde Laurenz auch laut. „Ach, und als Reaktion behandelst du mich wie ein Stück Dreck, das man mal so eben in die Tonne tritt. Ich bin kein Macho …“

„Du willst keiner sein. Aber du hast eben diesen ganzen typischen Männerschrott von dir gegeben.“

„Toll. Und als Retourkutsche kommt jetzt vermutlich die ewig gleiche Vorwurfsspirale: ‚Du bringst nie den Müll raus', ‚Du musst häufiger putzen', ‚Du willst andauernd Sex' …"

Er stockte. „Ach, jetzt begreife ich. Du schmeißt mich vermutlich raus, weil ich neulich nachts über dich hergefallen bin, als du geschlafen hast. Ist das der Grund? Dass ich dein unwilliges Knurren ignoriert habe? Immerhin hast du nicht Nein gesagt …"

„Arschloch!"

Stinksauer griff Felicitas nach dem erstbesten Gegenstand, den sie fassen konnte, die Flasche mit dem Balsamico-Essig, und warf sie Laurenz an den Kopf.

Der taumelte nach hinten, mehr erschrocken als verletzt, und hielt sich die Stirn. Völlig überrumpelt. Schließlich griff er wortlos nach seiner schon gepackten Tasche und verschwand im Treppenhaus.

Überall in der Küche lagen Scherben inmitten einer Essigpfütze, deren süß-saurer Geruch sich in der Wohnung verteilte.

„Mama?"

„Ja, Kind, du klingst ja total verschnupft."

Felicitas legte den Telefonhörer zur Seite und putzte sich die Nase. Dann hielt sie sich die Muschel wieder ans Ohr. „Ich hatte gerade einen Riesenkrach mit Laurenz."

„Ach, ich dachte, ihr … ihr wolltet euch ohnehin auf Probe trennen."

„Ja, aber er war grad noch mal da, um seine Sachen zu holen."

Andrea Klühe trank hörbar einen Schluck Kaffee. „Hör mal, das wird schon wieder. So oder so.

Heute Morgen ist übrigens das Buch angekommen. Ich hab sofort angefangen zu lesen. Total nett. Weißt du, wenn ich in diese Geschichte eintauche, dann kommen lauter alte Erinnerungen wieder hoch … Und: Diese Nes ist schon klasse."

Erst als Felicitas zum dritten Mal zustimmend nickte, wurde ihr bewusst, dass ihre Mutter sie ja gar nicht sehen konnte.

Betreten erklärte sie: „Weißt du, ich habe den Roman sicher auch deshalb noch mal hervorgeholt, weil ich mich in dem ganzen Chaos, das gerade bei mir herrscht, noch mal an die Zeit meiner jugendlichen Schwärmereien erinnern wollte.

Vieles erscheint mit sechzehn so viel leichter. Obwohl …"

Andrea Klühe brummte zustimmend. Dann sagte sie aufgeregt: „Du, ich bin gerade bei der Szene, in der Nes ihren späteren Verehrer in diesem Gasthaus vor den rüpeligen Soldaten rettet, indem sie ein Feuer anzündet. Absolut spitze!

Außerdem finde ich es total witzig zu sehen, was sich von damals in meinem Gedächtnis festgesetzt hat und was nicht.

Zum Beispiel konnte ich mich überhaupt nicht mehr daran erinnern, dass Nes diesem Marten am Ende ihres Streitgesprächs im Wald vor Wut eine Flasche an den Kopf wirft …"

„Wie bitte?"

Ihre Mutter räusperte sich. „Ja, Nes ärgert sich doch so sehr über seine Macho-Allüren, dass sie ihm glatt eine Trinkflasche an den Kopf schmeißt."

„Was erzählst du denn da?"

Felicitas drückte die rechte Hand gegen ihre Stirn. „Mama, ich habe das Buch erst vor wenigen Tagen gelesen. Und eines weiß ich ganz genau: Nes wirft Marten keine Flasche an den Kopf.

Drehen jetzt alle durch, oder was?"

Andrea Klühe klang beleidigt. „Mann, du bist echt schräg drauf. Also bleib dran, ich hol gerade den Roman.

... so, hier steht es, Wort für Wort." Sie las mit knarzender Stimme vor:

„Nes hätte später nicht mehr sagen können, was genau sie dazu veranlasst hatte, aber ehe sie sich ganz bewusst war, was sie tat, hatte sie Marten die Flasche mit aller Kraft an den Kopf geworfen.

Der Mann stöhnte kurz auf, dann sackte er einfach nach hinten."

„Zufrieden? Glaubst du mir jetzt?"

„Mama. Sind wir hier bei der versteckten Kamera? Ich fass es einfach nicht. Hast du es irgendwie auf mich abgesehen?

Hör zu! Als ich das Buch vor drei Tagen gelesen habe, da verabreden die beiden die Übergabe des Welpen, legen sich dann schlafen und brechen am nächsten Morgen in unterschiedliche Richtungen auf. Da kam keine Flasche vor."

Aus dem Hörer klang ein missmutiger Schmatzer. „Na, Felicitas, dann hast du wohl ein anderes Buch gelesen als ich. Ich jedenfalls halte hier das Exemplar mit der Widmung von Johanna in der Hand – und in diesem Buch steht das mit der Flasche genau so drin, wie ich es dir eben zitiert habe."

„Mama, du verarschst mich, oder?"

„Nee, aber ich habe langsam keine Lust mehr, mit dir Gespräche zu führen, in denen du mir andauernd irgendwas unterstellst. Hier ist das Buch … auf dem Tisch … und ich habe die Stelle mit der Flasche vor Augen. Was passt dir denn daran nicht?"

Felicitas schnupperte den Essiggeruch, der nach wie vor in der Luft hing. Dann murmelte sie: „Mama, ich habe eben bei unserem Streit eine Flasche nach Laurenz geworfen. Und jetzt erzählst du mir, dass genau das in dem Kapitel steht, das du vorhin gelesen hast. Das ist doch völlig absurd."

Ihre Mutter schien sich zu sammeln: „Noch mal. Ganz langsam. Du hast Laurenz mit einer Flasche beworfen – und bist dir gleichzeitig sicher, dass diese Szene vorher so nicht im Buch stand? Willst du mir das sagen?“

„Ja!“

Andrea Klühe prustete los. „Kind, bei dir liegen ja echt die Nerven blank. Nun, da es für alles eine logische Erklärung geben muss, schlage ich vor, dass du dich jetzt erst mal etwas ausruhst …“

„Mama, ich muss gleich arbeiten.“

„Blödsinn … dann meldest du dich eben krank. Und falls es morgen früh nicht besser ist, lass dich mal von einem Arzt durchchecken. Ist vielleicht ein Burnout oder so was. Die Leute haben ja heute ständig Krankheiten, die es früher überhaupt nicht gab.

Aber du weißt ja: Wenn du mich brauchst, komme ich sofort zu dir.“

‚Das hätte mir gerade noch gefehlt‘, durchfuhr es Felicitas. Sie verabschiedete sich. Und wusste in dem Moment, in dem sie auflegte, dass sie sich nicht krankmelden würde.

Von wegen krank. Sie wusste, was passiert war.

Florian Rothermund hatte die Kette vorgelegt. „Ich gebe nichts.“

Felicitas verkündete mit quengelnder Stimme: „Ich komme von der Aktionsgemeinschaft F.E.T.T., Freunde eingebildeter traniger Therapeutinnen, und sammle für die Opfer von griesgrämigen Greisen, die grässliche Grimassen schneiden. Schon ein Lächeln reicht, um eine gemarterte Pflegekraft wieder glücklich zu machen. Unterstützen auch Sie unsere Aktion gegen den aktuellen Pflegerinnenschwund."

Hinter dem Türspalt gluckste es. Dann löste der Alte die Kette und öffnete die Tür. „Nicht schlecht. ‚Griesgrämige Greise, die grässliche Grimassen schneiden.' Bin ich so garstig?"

„Nun, ich neige eigentlich eher zur Untertreibung. Aber nett, dass ich reinkommen darf."

„Solange Sie mich nicht wieder baden wollen."

Felicitas trat ins Wohnzimmer. „O doch, das will ich. Heute ist Badetag."

„Ich habe es befürchtet. Na ja, was sein muss, muss sein. Sehen Sie", sagte der Alte feixend und kratzte einen Schorf an seiner Wange auf. „Das wäre einer der wenigen Momente, in denen ich ausnahmsweise nichts dagegen hätte, wenn Sie sagen würden: ‚Wir sollten baden!'"

Er schlug sich in gespieltem Entsetzen die Hand vor den Mund. „Verzeihen Sie einem dahinvegetierenden Senioren solche ungehörigen Formulierungen. Das gehört sich nicht.

Obwohl: Es wäre ja fast ein Kompliment, wenn ich auf meine letzten Tage noch wegen sexueller Belästigung angeklagt würde. Tja, da würden meine früheren Kollegen staunen. Ach, eigentlich eine prickelnde Vorstellung."

Er steuerte summend Richtung Bad.

Kurz darauf hatte Felicitas den alten Mann ausgezogen und in die Badewanne gesetzt. Wohlig ruhte er unter einer Decke aus Schaum und schloss genussvoll die Augen.

„Sie rufen dann, Herr Rothermund, wenn ich Sie wieder herausholen soll. Ja?"

Er streckte den Zeigefinger durch den Schaum und schwenkte ihn hin und her. Schelmisch. „Sie würden mir eine große Freude machen, Felicitas, wenn Sie bei mir blieben. Da, setzen Sie sich auf den Hocker."

Der schaumüberzogene Zeigefinger deutete neben das Waschbecken.

„Wissen Sie, mir ist Ihre Geschichte mit dem veränderten Roman einfach nicht aus dem Kopf gegangen. Nun behauptet ja die Rezeptionsästhetik ohnehin seit längerem, dass jeder Mensch das, was er liest, ganz individuell und eigenständig wahrnimmt. Aber in Ihrem Fall ..."

Felicitas unterbrach seinen Vortrag. „Herr Rothermund. Es ist noch weitergegangen."

Wieder berichtete Felicitas, was geschehen war. Von der Rettungsaktion der Romanheldin in der Herberge, von ihrer ersten Begegnung mit Marten, dem Sohn des Gaukler-Königs, von dem Streit, der eskaliert war – und davon, dass sie ebenfalls mit ihrem Freund gestritten hatte.

Wie konnte es sein, dass eine in blanker Wut geworfene Flasche sowohl in ihrem persönlichen Konflikt als auch bei Nes, der Heldin des Romans „Feuerzunge", eine zentrale Rolle spielte? Zumindest, wenn ihre Mutter Recht behielt und von dieser Attacke tatsächlich neuerdings berichtet wurde.

Als die junge Frau fertig war und Florian Rothermund erwartungsvoll anblickte, streckte der spitzbübisch die Lippen nach vorne. Seine Augen leuchteten.

„Sehen Sie, ich habe mich mein ganzes Leben mit der Frage beschäftigt, ob Geschichten Menschen verändern können.

Und ich bin zu dem Schluss gekommen: Das können sie.

Tja, und nun stellt sich die berückende Frage, ob auch Menschen Geschichten verändern können.

Meine Antwort: Wir erleben es gerade."

Felicitas schaute betreten auf den Boden. „Machen Sie sich nicht über mich lustig."

Er legte die Hand auf die Brust, was in den aufgeplusterten Schaumbergen ziemlich albern aussah. „Ich schwöre, ich meine das ganz ernst."

„So was gibt es nicht! Das wäre so etwas wie … wie ein Wunder."

„Das heißt: Sie glauben nicht an Wunder?"

Sie spielte mit dem Ende ihres schmalen Gürtels. „Doch. Manchmal jedenfalls. Aber es ist doch völlig unmöglich, dass sich ein Roman von allein umschreibt."

Florian Rothermund lachte: „Wunder sind immer … unmöglich. Sonst wären es ja keine. Erst wenn etwas die Grenzen des uns Möglichen sprengt, reden wir überhaupt von einem Wunder.

Zugegeben: Gewöhnlich verändern sich Geschichten nicht einfach so. Da stimme ich Ihnen sofort zu. Aber Wunder sind eben außergewöhnlich."

„Das ist ja alles schön und gut. Aber wie erklären Sie sich dann die Sache mit der Flasche?"

Der Alte neigte seinen Kopf zur Seite, wobei er sein Ohr in den Schaum tunkte. Dann machte er sich mit den weißen Flocken auch noch einen langen Bart.

Als er aussah wie eine Mischung aus Gandalf und Yoda sagte Florian Rothermund kichernd: „Lassen Sie uns anders vorgehen. Lassen Sie uns einfach mal akzeptieren, dass dieser Roman ‚Feuerzunge' sich verändert. Wie auch immer …

Erklären können wir dieses Phänomen nicht. Jedenfalls noch nicht. Aber vielleicht muss das auch gar nicht sein.

Denn die viel wesentlichere Frage, die sich mir stellt, lautet: Warum?"

„Was … warum?"

„Warum hat sich die Geschichte verändert?"

Felicitas hob die Augenbrauen. „Ja, was weiß ich … keine Ahnung."

„O doch. Denken Sie nur mal scharf nach."

„Worauf wollen Sie hinaus?"

Florian Rothermund drückte sich am Rand der Badewanne hoch und drehte seinen Oberkörper zu der jungen Frau. „Sie werfen ihrem Freund eine Flasche an den Kopf. Und genau diese Begebenheit taucht auf einmal auf wundersame Weise in einem Buch auf. Das heißt doch nichts anderes, als dass ihr Leben mit der Geschichte von Nes irgendwie verknüpft ist.

Oder wie der kluge Philosoph Wilhelm Schapp es formulierte: ‚Wir sind in Geschichten verstrickt.'

Ja, Felicitas. Ihr Leben und das fiktive Leben von Nes sind miteinander verbunden. Schon vor vielen Jahren hat die junge Feuerschluckerin sie beeinflusst, sie durch ihr Vorbild starkgemacht – und jetzt beeinflussen Sie Ihrerseits Nes."

„Das glauben Sie doch nicht wirklich?"

Der Alte schnippte mit den Mittelfingern Schaumflocken durch den Raum. „In diesem Fall kommt es nicht darauf an, was ich glaube. Ich ziehe einfach meine Schlüsse.

So, und jetzt habe ich genug gebadet. Ich glaube, es reicht, wenn Sie mir das große rote Handtuch geben und mir kurz hochhelfen. Den Rest schaffe ich allein. Unser Gespräch hat mir Auftrieb gegeben."

Felicitas reichte ihm das riesige Eintracht-Frankfurt-Fan-Handtuch, über das sie sich immer wieder amüsieren konnte, und wollte gerade das Bad verlassen, als Rothermund ihr hinterherrief: „Die entscheidende Frage lautet: Warum? Warum passiert das alles? Denken Sie darüber nach. Bis bald."

„Es gibt kein Feuer, das aus ist.“
Michael Richter

Feuerzunge – 2. Kapitel

Es war einmal ein kleiner Drache, der noch nie in seinem Leben Feuer gespuckt hatte. Die anderen Drachen verspotteten ihn deswegen und riefen ständig: ‚Du bist gar kein richtiger Drache!‘

So ging das Tag für Tag, und der kleine Drache wurde immer trauriger. Als auch seine Dracheneltern nicht mehr wussten, was sie tun sollten, schickten sie ihren Sohn zu einer berühmten Feuernymphe, die am Fuße des weißen, dampfenden Vulkans lebte.

Dorthin reiste der kleine Drache und sah schon von weitem, dass er die Feuernymphe gefunden hatte.“

Der Feuerspucker ließ mehrere riesige Flammen gen Himmel steigen, deren Fauchen sich mit dem Raunen der Menge vermischte. Die Blicke der Umstehenden stiegen mit dem hellen Schein nach oben und tauchten tief in die Nacht ein.

Dann aber schwenkten sie sofort zurück zu der rothaarigen Erzählerin in ihrem mit Perlen verzierten Ledergewand, die neben dem Gaukler stand und mit großen Gesten und rauer Stimme das Märchen erzählte.

Eine Geschichte, die Nes schon mit dem ersten Satz in ihren Bann gezogen hatte.

„‚Du musst üben', sagte die Feuernymphe und schaute den kleinen Drachen streng an: ‚Sehr viel üben!'

‚Aber wie soll ich Feuerspucken üben, wenn ich doch gar kein Feuer in mir habe?', fragte der kleine Drache und zog einen Spiegel aus der Tasche. Den hielt er sich vor das Maul und versuchte ungeschickt, in seinem Rachen eine Flamme zu entdecken.

Die Feuernymphe hob die Hand. ‚Ich habe nicht gesagt, dass du das Feuer schon besitzt. Aber es ist in dir angelegt. Verborgen in deinem Inneren glimmt ein Funke. Wie in jedem Drachen. Und diesen winzigen Funken kannst du zu einem großen Feuer werden lassen.'

‚Und wenn ich als einziger Drache auf der Welt keinen Funken in mir habe?'

Da lachte die Feuernymphe das feurigste Lachen, das der Drache je gesehen hatte."

Und tatsächlich sah es plötzlich so aus, als käme aus dem Mund des Feuerkünstlers ein loderndes Gelächter. Kurze, spitze Flammen, die waagrecht nach vorne schossen und sich dort blitzschnell in Rauch auflösten.

Die Menge johlte.

„Schließlich sagte die Feuernymphe: ‚Jeder hat einen solchen Funken in sich. Glaub mir! Aber wenn du möchtest, nimm am Anfang eine Fackel zu Hilfe.'

So begann der kleine Drache das Feuerspeien zu üben. Erst stieß er winzige Feuerblitze aus, dann immer größere.“

Unter dem zunehmenden Beifall der Zuschauer präsentierte der Gaukler die verschiedenen Feuer-Übungen des kleinen Drachen und bemühte sich dabei unter allerlei Verrenkungen, wie ein großes, gefährliches Untier auszusehen.

Seine Darbietung war ein bizarrer, urkomischer Anblick, der das Publikum spürbar erheiterte.

Einige Frauen wühlten schon jetzt in ihren Schürzen nach Kupfermünzen und warfen sie in die kleine Holzkiste vor der Erzählerin.

Während der Artist sich wand und drehte, stieß er ganz unterschiedliche Flammengebilde aus: heiße Kugeln, helle Säulen, flackernde Wellen, zuckende Blitze und weiche Wolken.

Wie er sich anstrengte. Wie er danach gierte, endlich ein echter Feuerdrache zu sein. Doch trotz all seines Einsatzes hustete er auch nach endlosem Üben höchstens ein paar durchschnittliche Flammenfetzen in die Luft.

Enttäuscht ließ der kleine Drache den Kopf hängen.

„‚Du bist zu verkrampft‘, ermahnte ihn die Feuernymphe, ‚deine Bewegungen müssen weicher werden. Viel weicher.

Erst wenn dein ganzer Körper die Sehnsucht nach dem Feuer kennt und zum Ausdruck bringt, fängt dein Funke an zu brennen. Fühle in dich hinein.‘

So begann der kleine Drache, in sich hinein zu fühlen. Und er spürte bald, dass er tatsächlich Lust bekam, seine noch ungelenken Bewegungen zu verbessern.

Immer und immer mehr. Tag für Tag. Woche für Woche.

Dabei merkte er gar nicht, dass er vor lauter Konzentration das Feuer fast vergaß.“

Die Erzählerin zog mehrere noch nicht brennende Fackeln aus dem Boden und hielt sie hoch in die Luft.

Mit dünnen Feuerstößen aus seinem Mund entzündete der Feuerspucker die mit Tüchern umwickelten Stöcke. Einen nach dem anderen.

Dann verteilte die Frau die Fackeln im Publikum – und reichte auch Nes eine.

„Bitte, kommt nach vorne … ja genau … stellt euch hier hinter dem Künstler auf, und erleuchtet den Tanz des kleinen Drachen.“

Es bildete sich ein Halbrund aus Flammen um den Feuerspucker, der nun begann, sich im Rhythmus einer Laute zu bewegen.

Nes staunte, wie schnell sich die Erzählerin das Saiteninstrument gegriffen und umgebunden hatte und wie fingerfertig sie darauf spielen konnte.

Aus einzelnen Tönen entwickelte sich eine tänzelnde Melodie. Ein immer übermütigeres Lied.

Zuerst wiegte sich der Mann als kleiner Drache nur ganz langsam und in sich versunken von einer Seite zur anderen, doch dann wurde er zusehends sicherer.

Weich und konzentriert.

Kraftvoll und mitreißend.

Wild und ausgelassen.

Frei und ungestüm.

Irgendwann fingen die Menschen an zu klatschen, so leidenschaftlich waren die Figuren, so hoch sprang der Artist als kleiner Drache und so erfüllt sah er dabei aus.

„Aha', sagte die Feuernymphe, die den Tanz unbemerkt beobachtet hatte. ‚Ich sehe, dein Funken ist zu einer großen Flamme geworden.'

Der kleine Drache erstarrte und schaute sich um. ‚Wieso, ich kann gar kein Feuer entdecken.'

Da lachte die Feuernymphe wieder ihr glutrotes Lachen.

Mit tiefer Stimme rief sie: ‚Kleiner Drache, nicht jedes Feuer braucht eine Flamme.

Ich sehe, mit welcher Hingabe du tanzt, und ich sehe, dass in dir ein gewaltiges Feuer brennt.

Du hast es nur nicht entdeckt, weil du dachtest, du müsstest die gleichen Flammen speien wie alle Drachen.

Deine Flamme ist das Tanzen. Weil es dich glücklich macht – und weil du für das Tanzen brennst.

Nun, weil du so fleißig geübt hast, mache ich dir zum Abschied ein Geschenk.'"

Mit einer fließenden Geste ließ sich die Frau von Nes deren Fackel reichen und hielt sie sich an den Mund. Sofort züngelte eine kleine Flamme zwischen ihren Lippen hervor.

Mit zwei Schritten lief sie zu ihrem Partner und küsste ihn innig. Als sie wenige Sekunden später schwungvoll zurücktrat, kamen die Flammen aus dessen Mund.

Wieder brannte Applaus auf. Einige Männer drückten ihre Frauen enger an sich.

„Na, jetzt weißt du auch, was ein feuriger Kuss ist", raunte der Kerl mit der Fackel neben Nes anzüglich.

„Fortan tanzte der kleine Drache so oft er nur konnte. Denn das machte ihn fröhlich – und alle, die ihm zusahen.

Dass er jetzt auch Feuerspucken konnte, war gar nicht mehr wichtig, weil das Feuer des Tanzens in ihm alles überstrahlte. Nur ab und an machte er mit seinen Flammen den Kindern eine ganz besondere Freude."

Der Feuerspucker griff in einen Korb, der am Boden stand, und füllte seinen Mund mit einer Handvoll Körner. Anschließend nahm er den Frauen und Männern, die um ihn herumstanden, die Fackeln aus der Hand, und steckte sie sich ebenfalls in den Mund – jede so lange, bis sie erloschen war.

Die letzte Fackel aber hielt die Erzählerin direkt vor das Gesicht des Feuerschluckers.

Und jetzt sahen die Zuschauer fassungslos, wie die Backen des Mannes unter lautem Knacken aufquollen, von innen, weiter und weiter, bis er mit seinem grotesken Ballongesicht wie ein gigantischer Hamster in die Runde schaute.

Überrascht öffnete der Gaukler die Lippen und hervor kam … Popcorn. Dutzende, nein, Hunderte von weißen Kugeln.

Er hatte sich offensichtlich Puffmaiskörner in den Mund gestopft, die in der Wärme des Feuers aufgeplatzt waren und jetzt als Flocken durch die Luft segelten.

Unter tosendem Applaus verbeugten sich die beiden Künstler mehrfach – nicht ohne noch einmal schelmisch auf die Kiste hinzuweisen, in der sich schon ein kleiner Berg an Münzen häufte und neben die sie die letzte Fackel steckten.

Nes war wie benommen, als sie zurück in die Menge lief. Beseelt von den entflammenden Bildern, die in ihr weiterleuchteten. Hell und berückend …

„Liebes, da bist du ja. Komm, nimm meine Hand. Du weißt doch, wie schnell man sich hier im Getümmel verliert. Ich bin mir nicht sicher, ob du mit deinen zwölf Jahren schon alleine nach Hause finden würdest. Sind immerhin zwei Stunden Weg."

Nes sah an ihrer Mutter vorbei. Verträumt. „Mama. Das war das Schönste, das ich je gesehen habe. So kunstvoll … so aufregend … so …"

Die Mutter beugte sich zu dem Mädchen herunter, obwohl sie nur noch wenige Zentimeter größer war. „Nes, das sind fahrende Spielleute. Die gaukeln einem was vor. Das ist alles nur … Phantasie."

„Wieso? In dieser zauberhaften Geschichte … da war doch … da drin war so viel Wahrheit."

Der Griff der Mutter wurde fester. „Ja, nur dass es eben keine Drachen gibt. Und keine Feuernymphen und all so einen wundersamen Kram."

Nes wollte sich losmachen. „Darf ich noch mal mit ihnen sprechen? Bitte? Nur ganz kurz."

Ihre Mutter hielt mitten im Fluss der Leute an, so dass eine dicke Frau hinter ihr gegen sie rannte. „Nes! Wir sind hier, um auf dem Markt unsere Waren zu verkaufen. Es war schon sehr freundlich von deinem Vater, dass er uns kurz hat gehen lassen, damit du diesen … diesen Feuerzauber da sehen konntest. Willst du wirklich, dass er am Stand alles alleine machen muss? Ich bin mir gewiss: Das willst du nicht."

Ohne eine Antwort abzuwarten, zog Nes' Mutter sie hinter sich her.

Eine halbe Stunde lang half Nes ihren Eltern beim Handeln, packte Obst, Gemüse und die von ihrem Vater geschnitzten Pfeifenköpfe ein und suchte in der schartig-zerschlissenen Holzschale ihrer Mutter nach Münzen für das Wechselgeld.

Doch ihre Gedanken waren weit weg.

Irgendwann, als ihre Mutter erregt mit einer gut gekleideten Frau über den Preis eines handgewebten Schals diskutierte und sich immer wieder zu dieser vorbeugte, stahl das Mädchen sich heimlich davon.

Kaum war Nes außer Sichtweite ihrer Eltern, rannte sie schnurstracks los, zurück zu dem Platz, auf dem das Paar aufgetreten war.

Er war leer.

Die Menschenmenge hatte sich verlaufen.

Von den Gauklern keine Spur.

Doch gerade, als Nes schon enttäuscht von dannen ziehen wollte, bemerkte sie die Frau des Feuerspuckers. Genauer gesagt: ihr auffälliges Gewand aus Leder. Sie war kurz davor, hinter einer Baumreihe zu verschwinden, durch die ein Lagerfeuer schimmerte.

Schnell lief das Mädchen hinterher und blieb dann keuchend vor der Erzählerin stehen. Völlig verwundert darüber, dass diese viel älter war, als sie im Schein der Fackeln gewirkt hatte.

„Ja?"

Nes bemühte sich, wieder zu Atem zu kommen. Stammelnd sagte sie: „Ich … das war wunderbar … das hat mich sehr berührt … das … das möchte ich auch lernen. Feuer spucken!"

Die alte Frau packte sie wortlos am Ärmel und führte sie durch die struppigen Bäume zum Lagerplatz der Artisten.

Dort rief sie fröhlich in die Runde: „Hey, Leute, schaut euch die Kleine hier an. Sie möchte eine ‚Feuerzunge' werden."

Alle, die um das knisternde Feuer herum saßen, brachen in schallendes Gelächter aus. „Hey, hey!"

Nes wich ein wenig zurück. „Was ist das … eine ‚Feuerzunge'?"

Der Künstler, den sie in der Vorstellung bewundert hatte, deutete neben sich. „Nimm Platz! Ja, genau … da ist gut.

Was zu trinken? Nee, dafür bist du wohl noch zu jung. Aber vielleicht etwas Wasser." Er reichte Nes einen Becher.

„Also: Eine ‚Feuerzunge' nennen wir jemanden, der die Prüfung zum ‚Meister der Flammen' bestanden hat. Man muss dazu vorher bei einem anderen Meister in die Lehre gehen."

„Ja, genau … genau das möchte ich!"

Wieder prusteten die fahrenden Leute. „Das mag ja sein, junge Dame. Aber es gibt bedauerlicherweise keine weiblichen ‚Feuerzungen'."

„Wieso? Sie hat doch auch mitgemacht." Nes deutete mit ihrem Finger auf die Gefährtin des Feuerspuckers.

Der hielt dem Mädchen auch noch ein Stück Brot hin. „Na ja, sagen wir mal so … sie hat mir bei einem Trick assistiert … und glaub mir … schon das wird nicht von allen Gauklern gerne gesehen. Weil sie nun mal die Prüfung nicht abgelegt hat."

„Welches dumme Gesetz schreibt denn vor, dass Frauen keine ‚Feuerzungen' werden dürfen?" Nes schaute störrisch in die Runde.

Ein blondgelockter Junge, der beim Essen gleichzeitig mit der linken Hand drei Bälle jonglierte, schnalzte mit der Zunge. „Ich glaube gar nicht, dass es da ein richtiges Gesetz gibt. Es hat halt nur noch nie eine Frau versucht."

Das Mädchen streckte ihr Brot in die Luft. Wie eine Standarte. „Dann werde ich die Erste sein. Kapiert?"

„Na, darauf trinken wir!"

Die Männer prosteten sich zu.

In diesem Augenblick legte sich die Hand der Erzählerin auf die Schulter von Nes. „Komm mal mit mir!“

Sie führte das Mädchen zu einem Zelt aus festen, mit Fett eingeschmierten Planen, öffnete den Eingang und winkte sie hinein. Drinnen flackerte eine rußverschmierte Öllampe.

Die Alte nahm auf einem zerschlissenen Teppich Platz und sagte leise: „Sag mir, Kind: Warum möchtest du eine ‚Feuerzunge‘ werden?“

Nes ließ sich neben ihr nieder. „Ich weiß nicht … ich möchte einfach … Feuer spucken. Ich habe gesehen, wie phantastisch ihr das …“

Sanft legte die Frau den Zeigefinger auf die Lippen und brachte das Mädchen damit zum Schweigen. „Das ist kein Grund. Feuer spucken an sich bedeutet nichts. Entscheidend ist: Was willst du damit erreichen?“

„Die Frage verstehe ich nicht!“

Spielerisch zog die Frau ihren weiterhin ausgestreckten Finger durch die Flamme der Öllampe. „Die entscheidende Frage lautet: Warum? Warum willst du Feuer spucken?“

Das Mädchen dachte nach. Dann sagte es: „Ich habe gesehen, dass ihr mit eurer Kunst die Menschen fröhlich machen könnt. Das möchte ich auch. Ich möchte die Menschen froh machen. Ich will, dass sie lachen und sich freuen, weil ich ihnen etwas Gutes tue.“

Wieder strich die Frau mit dem Finger durch das Feuer. „Du bist klug für dein Alter. Und doch reicht deine Begründung nicht aus. Natürlich ist es lobenswert, dass du die Menschen froh machen möchtest.

Aber denkst du, dass es auch dich froh macht, wenn du die Menschen durch die Feuerkunst froh machst? Dass es dich mit Freude erfüllt?“

Diesmal zögerte Nes etwas. Schließlich sagte sie mit fester Stimme: „Ja, das glaube ich. Nein, ich bin sogar ganz sicher. Ich weiß halt noch so wenig über das Feuer. Aber vorhin … da ist etwas mit mir geschehen. Da wusste ich plötzlich: Das will ich lernen. Das … und nichts anderes. Ja, ich denke, es würde mich unfassbar glücklich machen.“

Die Alte legte die Hände übereinander. „Gut. Denn nur das, was uns innerlich reich macht, wird auf Dauer auch andere reich machen.

Das musst du prüfen, immer wieder aufs Neue. Du musst nicht nur lernen, wie dir die Flammen lustvoll aus dem Mund springen, sondern zuallererst herausfinden, ob das Feuer anfängt, in dir zu brennen. Ob es dich innerlich wärmt.“

Sie beugte sich zur Seite und zog unter dem Teppich einen kleinen Beutel hervor. „Hier, das sind Bärlappsporen, Lycopodium clavatum.“

Sie nahm eine Fingerspitze des Pulvers und warf es in die Flamme. Sofort schoss eine schnaubende Feuerwolke durch die Luft.

„Damit arbeiten wir. Es ist eine spezielle Mischung. Aber jede ‚Feuerzunge‘ muss im Lauf ihrer Ausbildung selbst herausfinden, welche Sporen sie beim Feuerspucken am Liebsten verwendet.

Nimm! Ich schenke sie dir. Damit kannst du anfangen zu üben. Und wer weiß: Möglicherweise schaffst du es ja."

Sie drückte Nes das leinene Säckchen in die Hand.

„Warum machst du das?", fragte das Mädchen.

Die Alte seufzte. Wehmütig und schmerzerfüllt. Fast flüsternd sagte sie: „Ich wollte mein Leben lang eine ‚Feuerzunge' werden, aber ich habe mich nie getraut, zur Prüfung anzutreten. Es wäre herrlich, wenn dir das gelingt, was mir versagt geblieben ist."

Nes drückte den Beutel an ihre Brust. Doch bevor sie aufstehen konnte, hatte die Erzählerin ihr die Hand auf den Kopf gelegt.

„Nimm meinen Segen, mutiges Mädchen. Den Segen einer Frau, deren Feuer nie so brennen durfte, wie sie es sich erträumt hat. Möge Gott dein Feuer entfachen. Hell und leuchtend. So, dass du das Leben anderer Menschen erleuchtest."

Als das Mädchen den Kopf wieder hob, hatte es Tränen in den Augen. Tränen des Verlangens. Tränen der Hoffnung. Tränen der Erwartung. Und die fühlten sich verheißungsvoll an. Unsagbar verheißungsvoll.

Genau in diesem Augenblick riss jemand die Zeltplane auf, zog Nes energisch nach draußen und verpasste ihr eine schallende Ohrfeige.

Vor Nes stand ihre Mutter.

Erbost.

Als sei diese gar nicht da, fragte die Erzählerin das Mädchen: „Fühlst du den Schmerz?"

„Nein“, antwortete Nes verwundert, „nein, es ist merkwürdig… meine Wange brennt, aber das Feuer in mir ist stärker als der Schmerz.“

Da warf ihr die Alte einen Kussmund zu: „Dann hast du wirklich Feuer gefangen. Leb wohl.

Und vergiss nie: Am Ende geht es nicht um die Flammen, sondern darum, wofür du brennst. Lass das Feuer in dir niemals ausgehen.“

„Lass das Feuer in dir niemals ausgehen.“

Das hatte die Gauklerin in der Lederkluft Nes mit auf den Weg gegeben. Und jetzt das…

Lustlos saß Felicitas an ihrem Küchentisch, rührte in ihrer Kaffeetasse und ließ sich mit dem entstehenden Wirbel runterziehen.

Wie konnte es sein, dass sich diese zielstrebige junge Frau, die so viele Wagnisse auf sich genommen hatte, um ihren Traum zu verwirklichen, am Ende – so mir nichts, dir nichts – in Martens Arme warf und ihn heiratete?

Das war ein Verrat an ihren Idealen. Ein Verleugnen der großartigen Prinzipien, an die sie die ganzen Jahre geglaubt hatte. Ein irrsinniges, radikales Austreten des Feuers.

Woher kam dieser abrupte Sinneswandel?

Florian Rothermund hatte sie ja aufgefordert, nach dem „Warum?“ zu fragen.

Aber Felicitas fand einfach keine Antwort.

Warum hatte Nes das gemacht?

Warum?

Sie verzog das Gesicht. All diese Gedanken waren doch ohnehin sinnlos.

Felicitas pustete so stark in die Tasse, dass der heiße Kaffee über den Rand spritze. Ein Tropfen traf sogar die Tischdecke.

Romane verändern sich nicht.

Die gehen nicht auf einmal anders aus.

Deshalb war es völlig hirnrissig, dass sie sich den Kopf darüber zerbrach, warum Nes dies oder jenes widerfuhr.

Andererseits …

Ihr Handy klingelte.

„With a little help from my friends" von den Beatles. In der Version von Joe Cocker. Den Klingelton hatte sie lustig gefunden, als sie angefangen hatte, im Pflegedienst zu jobben. „Man schafft es mit ein bisschen Hilfe." Und wenn etwas sie gehörig nervte, konnte sie jederzeit in Cockers Urschrei einstimmen.

Sie, die eine Ausbildung zur Krankenschwester gemacht hatte, weil sie nach dem Abitur auf einen Studienplatz für Medizin warten musste.

„With a little help from my friends." Als Pflegerin wollte sie für ihre Patienten auch gerne so eine Art Freundin sein. Was sich im Alltag aber als ausgesprochen kompliziert erwies. Allein durch den Zeitdruck.

Felicitas schob den grünen Telefonhörer auf ihrem Display zur Seite: „Klühe."

„Felicitas, Sie müssen sofort zu mir kommen.“

„Herr Rothermund? … was ist denn los?“

Der Alte klang aufgeregt: „Ich habe einen dringenden Termin beim Arzt. Aber der ist mir durch die Lappen gegangen – also nicht der Arzt … der Termin. Jedenfalls ist die Untersuchung in zehn Minuten.“

„Äh, dann rufen Sie sich doch bitte ein Taxi.“

Ihr Patient fauchte: „Blödsinn. Der Arzt ist nur drei Häuser entfernt. Aber so ganz allein schaffe ich das nicht. Und Sie fordern doch andauernd, ich soll mehr rausgehen. Also kommen Sie schon her … und wir tippeln da eben zusammen rüber.“

Die junge Frau nippte an ihrem Kaffee.

„Hallo, sind Sie noch dran?“

„Ja, Herr Rothermund, ich bin noch dran. Aber Sie wissen genau, dass ich nach Plan erst morgen wieder bei Ihnen vorbeischaue. Und meine Chefin ist da mehr als korrekt. Hyperkorrekt sozusagen.“

„Na dann … dann kommen Sie eben morgen nicht! Und dafür jetzt. Es ist wirklich dringend. Außerdem … wenn es ums Geld geht: Ich zahle Ihnen den Besuch sofort bar auf die Kralle. Cash.

Mich kotzt dieses ewige Abrechnen von ‚Pflegeleistungskomplexen‘ ohnehin an.“ Er sprach das Wort aus, als müsse er sich gleich übergeben: „‚Pflegeleistungskomplexe‘ – was für ein widerwärtiger Begriff!

Wenn Sie mich waschen, sind das doch keine Komplexe – die kriege ich höchstens, wenn das so weitergeht …

und dann muss ich zum Psychiater – Ihretwegen. Diagnose: Pflegeleistungskomplex. Können Sie das mit Ihrem Gewissen vereinbaren oder wird Ihnen dann jede Nacht im Traum mein Gesicht erscheinen? Mit blutunterlaufenen Augen … uähh …“

Felicitas musste so lachen, dass ihr der Kaffee durch die Nase schoss.

„Ist ja gut. Ich bin gleich bei Ihnen.“

Wenig später klingelte die junge Frau an der Wohnungstür des renovierungsbedürftigen Einfamilienhauses mit den tiefblauen Fensterläden.

Von drinnen ertönte eine Stimme: „Wer ist da?“

„Felicitas!“

„Ha, und Sie glauben, darauf falle ich rein? Lächerlich. Sie klingen ganz anders als meine Felicitas. Vermutlich haben Sie eben mit Hilfe der NSA unser Telefonat abgehört und wollen jetzt einen armen, hilflosen Greis ausrauben. Aber das funktioniert bei mir nicht. Schieben Sie Ihren Ausweis ganz langsam unter der Tür durch und drehen sie sich dann vor der Tür sechs Mal um Ihre eigene Achse und …“

„Herr Rothermund, ich weise mich dadurch aus, dass ich weiß, wo sie am Hintern einen großen Leberfleck haben. Und wenn Sie nicht wollen, dass gleich die gesamte Nachbarschaft mitbekommt, wo der sitzt, dann machen Sie jetzt besser die Tür auf.

Nicht? … Bitte, Sie haben es so gewollt.“

Sie drehte sich zur Straße und fing an zu schreien: „Meine sehr geehrten Damen und Herren…"

Heftig gestikulierend öffnete der Alte die Tür. Er winkte Felicitas ins Wohnzimmer, deutete mit seiner zitternden rechten Hand auf den großen Ohrensessel vor dem Fenster und hielt ihr mit der Linken eine Schachtel mit Pralinen hin. „Da! Nehmen Sie Platz!"

Die junge Frau behielt ihren Mantel an. „Herr Rothermund. Was ist mit dem Arzt? Ich dachte, es wäre unfassbar dringend?"

Der Patient zwinkerte ihr zu. „Hat gerade angerufen. Muss zu einer dringenden Hirn-Transplantation. Möglicherweise seiner eigenen. Könnte ihm den Nobelpreis bringen. Da hat er mich dreist auf morgen vertröstet."

„Mensch… Herr Rothermund. Deswegen bin ich jetzt extra hergekommen? Außerdem muss ich morgen meiner Chefin erklären, warum ich die Kilometer mit dem Dienstwagen gefahren bin. Und leider rastet sie ja wegen der blöden Karre dauernd aus. War das jetzt nur ein verspäteter Aprilscherz, oder was?"

„Nein." Ein ernster Ton mischte sich in seine Stimme. „Vergeben Sie mir bitte meine kleine Albernheit.

Sehen Sie: Ich wollte wissen, ob Sie schon eine Antwort auf die Frage nach dem ‚Warum' gefunden haben. Sie wissen doch… wegen des Romans, der auf einmal ein neues Ende hat. Ich hatte vorhin den Eindruck, als ob das nicht warten könnte."

Felicitas ließ sich im Mantel in den Sessel fallen.

Nach einigem Nachdenken sagte sie: „Das ist alles so verwirrend. Ich habe tatsächlich die ganze Nacht gegrübelt, was dazu geführt haben könnte, dass Nes … in der … in der neuen … der banalen Version … so anders auf den Heiratsantrag von Marten reagiert … aber ich bin zu keinem halbwegs nachvollziehbaren Ergebnis gekommen."

„Und was ist mit Ihnen, Felicitas? Welche Rolle spielen Sie in dem ganzen Geschehen?"

„Hä? Die Frage verstehe ich nicht."

Florian Rothermund klappte die Kinnlade runter. „Ich habe Sie doch gebeten herauszufinden, warum das passiert. Und damit meinte ich natürlich: Was *Sie* damit zu tun haben. Mir scheint, Sie haben es immer noch nicht begriffen, oder?"

„Ja, was denn?" Felicitas blickte genervt auf den schimpfenden Mann.

Der stand auf, schlurfte in die Küche zum Kühlschrank und kehrte mit einer Pikkoloflasche Sekt und zwei Gläsern zurück. „Darauf stoßen wir an. Auf den großen Moment der Erkenntnis. Heureka!"

„Würden Sie mir bitte mal sagen, wovon Sie überhaupt reden?"

Ohne sich beirren zu lassen, öffnete der feixende Mann die Flasche, schenkte die Sektgläser halb voll und reichte Felicitas eines, das sie verdutzt nahm.

Rothermund baute sich vor ihr auf und deklamierte: „Auf Nes und Felicitas, die auf geheimnisvolle Weise zusammengehören."

Als der strahlende Rentner mit ihr anstoßen wollte, zog Felicitas ihr Glas zur Seite. „Halt, erst will ich wissen, was hier gespielt wird."

Der Alte lehnte sich an seinen Schreibtisch und kratzte sich ausgiebig am Po. „Ich hab's Ihnen doch schon das letzte Mal erklärt: Ich glaube, dass Sie und Nes einander gegenseitig beeinflussen.

Denken Sie allein an die Sache mit der Flasche. Aber das Ganze geht noch viel weiter … wie soll ich das ausdrücken? Als Sie ein Teenager waren, da hat die fesselnde Geschichte der ‚Feuerzunge' vermutlich nicht nur ihre Stimmung, sondern auch manche Ihrer Lebensentscheidungen beeinflusst. Zumindest indirekt. Vermute ich jedenfalls. Die großen Heldinnen und Helden unserer Jugend werden zum Vorbild – und wir orientieren uns an ihnen. Das ist ganz natürlich.

Ich behaupte mal, Sie wären heute mit großer Wahrscheinlichkeit eine andere Frau, wenn es Nes nicht gegeben hätte. Man kann also getrost sagen: Der Roman ‚Feuerzunge' hat Ihren Charakter geformt. Zumindest hat er dazu beigetragen."

Florian Rothermund deutete mit dem Zeigefinger der linken Hand auf Felicitas. Dann verkündete er fröhlich: „Tja, und jetzt ist es eben andersherum. Nes ist heute eine andere Frau als damals, weil es Sie gibt …"

„Das ist doch totaler Unsinn …"

„Mag sein. Aber schauen wir uns mal die Tatsachen an …" Er hob flink sein Sektglas und ehe Felicitas reagieren konnte, hatte er schon mit ihr angestoßen. „Zum Wohl. Auf Sie und auf Nes!

Sie haben mir ja in den vergangenen Tagen einiges erzählt… von Ihrer beruflichen Unsicherheit… von Ihren Zukunftsängsten… vom abgebrochenen Medizinstudium… und von der vorübergehenden Trennung von Ihrem Freund. All diese komplizierten Dinge eben.

Nun, für mich ist die Sache ganz klar: Ihre Unentschlossenheit hat sich auf Nes übertragen.

Ja, weil es bei Ihnen zurzeit drunter und drüber geht und Sie im Chaos der Gefühle zu versinken drohen, hat auch Nes ihre berauschende Abenteuerlust verloren… und sich für den ungefährlicheren Weg entschieden.

Anders ausgedrückt: Nes konnte angesichts des Heiratsantrags von diesem Gaukler-Prinzen wählen: ‚Abenteuer oder Sicherheit' – und weil sie durch Ihre… ja, Felicitas, durch Ihre momentane Angst verunsichert wurde, hat sie sich in der verwandelten Lesevariante für die ungefährlichere Option entschieden."

Völlig unerwartet, musste Felicitas kindisch lachen. Fast hysterisch.

Mit zitternden Fingern führte sie ihr Glas an den Mund und leerte es in einem Zug. Trotzdem fühlte sich ihr Hals trocken an. Bis tief in die Kehle.

Schwer atmend sagte sie: „Wie soll das funktionieren?"

„Falsche Frage." Rothermund ließ sich langsam in das Sofa sinken, so dass er Felicitas nun gegenüber saß. „Hier geht es um etwas ganz anderes: Willst du, dass der Roman wieder ein Happy End hat?“

Instinktiv wollte die junge Frau dagegen rebellieren, dass der Alte sie einfach geduzt hatte. Nicht nur, weil das natürlich auch einer der vielen Regeln widersprach, die ihr ihre strenge Chefin eingebläut hatte.

Doch dann entschied sich Felicitas, dem kauzigen Greis einfach auf Augenhöhe zu begegnen. Salopp sagte sie: „Wie meinst … du … das, … Florian?“

Rothermund prostete ihr noch einmal zu. „Na, dann auf gute Freundschaft. Und jetzt beantworte einfach meine Frage. Willst du, dass der Roman anders ausgeht?“

Aufgekratzt sagte sie: „Ja! Ja, natürlich möchte ich gerne, dass der Roman anders ausgeht. Ich wünsche mir, dass Nes wieder die freche, lebenshungrige, starke Frau wird, die sie früher war. So, wie sie jetzt endet, ist die Geschichte … irgendwie … ja, sie verläuft irgendwie falsch.“

„Nun, wenn dem so ist“, sagte der Alte und strich sich über die wenigen noch verbliebenen Haare, die ihm wirr nach allen Seiten vom Kopf abstanden, „dann solltest du dir überlegen, wie du dein Leben in eine Form bringst, die Nes motiviert, dir nachzueifern.

Ja, schau nicht so entsetzt.

Stell dir einfach vor … wie soll ich das sagen … ja, stell dir vor, Nes wäre eine Frau, die sich von deiner Geschichte Anregungen für ihr Dasein erhofft. So, als wäre dein Leben ein Roman, den Nes liest.

Kurz gesagt: Wie müsstest du sein, damit Nes wieder den Mut bekommt, das Abenteuer zu wählen? Was müsste in dir brennen, damit auch Nes wieder brennt? Voller Vertrauen in sich und voller Lebensfreude?"

Felicitas stotterte: „Hey, wovon redest du? Wir sind hier nicht in einer abgedrehten Science-Fiction-Story. Was für eine komische Vorstellung … ich könnte … mein Leben hätte in irgendeiner Weise Einfluss auf andere … und gar auf eine literarische Figur."

Florian hob mahnend den Finger. Dann erklärte er mit einem süffisanten Lächeln: „Es gibt vermutlich nur eine Methode, um herauszufinden, ob ich Recht habe. Nur eine einzige …"

„Ach ja, und welche?"

„Ganz einfach: Ändere dein Leben und schau, ob etwas mit Nes passiert."

Neckisch fügte der Alte hinzu: „Es ist doch überhaupt kein Risiko. Schließlich bist du mit deiner momentanen Situation selbst nicht zufrieden. Wage es, mutige Wege zu gehen. Fang neu an, für etwas zu brennen … und beobachte dabei sorgfältig, was sich entwickelt … also, wie es mit Nes weitergeht. Ja, und … und ob der Roman sich möglicherweise ein weiteres Mal anders entwickelt …"

„Langsam, langsam!" Felicitas beugte sich weit vor. „Mal angenommen, ich ließe mich auf so einen Wahnsinn ein … wie genau soll das denn gehen … mit dem ‚Brennen'? Was müsste ich da tun? Und wie meinst du das überhaupt: Es sollte etwas in mir brennen.

Um ehrlich zu sein … es fällt mir schwer, mir darunter überhaupt was vorzustellen."

Florian Rothermund deutete auf seinen Drillingsband auf dem Schreibtisch. „Wärst du so freundlich, mir das Buch und meine Lupe zu bringen."

Als ihm die Pflegerin beides gereicht hatte, schlug der Alte im mittleren, auf dem den äußeren Büchern entgegengesetzten, gebundenen Band des Neuen Testaments lange nach und hielt dann mühsam die Lupe über die Seite. „Warte, es ist ein sehr ungewohntes Schriftbild. Aber immer noch wunderschön … Hier! Hör zu, hör ganz genau zu:

‚Und als der Tag der Pfingsten erfüllet war, waren sie alle einmütig beieinander. Und es geschah schnell ein Brausen vom Himmel als eines gewaltigen Windes und erfüllete das ganze Haus, da sie saßen. Und man sah an ihnen die Zungen zerteilet, als wären sie feurig.'

Da! Hast du es gemerkt? Da werden Feuerzungen erwähnt. Und dein Roman heißt doch ‚Feuerzunge', deswegen kam ich darauf. Es ist die Pfingstgeschichte."

Florian ließ die Lupe sinken. Verärgert. „Für meine Augen ist diese winzige Schrift nichts mehr. Auch wenn ich das Buch sehr liebe. Außerdem ist das Deutsch zugegebenermaßen schon etwas veraltet. Vielleicht ist es besser, wenn ich dir die Geschichte erzähle."

Felicitas nickte stumm.

Florian atmete tief durch: „Erzählen ist ohnehin viel anschaulicher. Vor allem bei so einer Geschichte. Es geht darin nämlich um Lebensveränderung … und all so was …"

Er lehnte sich zurück, bis er ganz in den dicken Kissen des Sofas versunken war. Dann schien er einen Moment zu überlegen, wie er anfangen sollte.

Schließlich sagte er: „Stell dir bitte die Situation vor: Die Anhänger Jesu sitzen zusammen. Ihr eigenartiger Anführer, der sie so leidenschaftlich ermutigt hatte, ungewohnte Wege zu gehen, ist in den Himmel aufgefahren – und jetzt wissen die Frauen und Männer nicht mehr weiter.

Vermutlich haben sie auch tierisch Angst vor der Zukunft, denn sie hocken dort ja nur beieinander, anstatt irgendwas zu machen. Ziellos. Orientierungslos. Unmotiviert.

Doch dann passiert etwas Unglaubliches: Aus dem Nichts fegt eine Art Sturmwind durchs Haus. Aus heiterem Himmel. Obwohl Fenster und Türen geschlossen sind. Ein antiker Indoor-Orkan sozusagen."

Das „Huh", mit dem Florian Rothermund den Sturm imitieren wollte, klang so lächerlich, dass Felicitas schmunzeln musste. Doch der Alte schien ganz in seine Erzählung versunken zu sein.

„Kurz darauf erscheint über jedem Jünger eine mysteriöse Feuerzunge … eine Feuerzunge, durch die jede und jeder erfüllt wird … mit dem Heiligen Geist.

Und diese ‚Begeisterung' der Jüngerinnen und Jünger ist so intensiv, dass alle spontan nach draußen ins Freie rennen und dort ohne jede Scheu anfangen, von der Liebe Gottes zu schwärmen.

Verstehst du? Die gleichen Leute, die eben noch ängstlich und voller Fragen zusammenhockten, fangen jetzt an, enthusiastisch und hingegeben zu predigen. Angeblich sogar in Sprachen, die sie vorher gar nicht konnten."

Er schaute Felicitas auffordernd an. Doch als die junge Frau nicht reagierte, fuhr er fort: „Ich sag mal so: Was der Heilige Geist genau ist, da streiten sich die Theologen seit Jahrtausenden drüber. Soll mir recht sein. Aber dass es Menschen gibt, die von etwas so ‚begeistert' sind, dass sie über sich hinauswachsen, das kannst du dir bestimmt vorstellen.

Genau das ist hier gemeint. Unsichere werden sicher, Ängstliche vergessen ihre Angst, und Ziellose sehen mit einem Mal ein klares Ziel für ihr Leben. Toll, oder? Das ist die Kraft der Begeisterung.

Mich erstaunt überhaupt nicht, dass für diese Leidenschaft schon vor 2000 Jahren das Bild einer ‚Feuerzunge' benutzt wurde. Weil Feuer nun mal ein starkes Symbol für Begeisterung ist. Klar, Feuer entzündet, es bringt zum Glühen, es erwärmt, und es setzt Energie frei.

Wir sagen ja auch: ‚Ich bin Feuer und Flamme für dies oder jenes' oder ‚Der Funke ist übergesprungen'.

Also, ganz gleich, ob einer im christlichen Sinn an das Pfingstereignis glaubt oder nicht: Diese Geschichte erzählt von einem emotionalen Phänomen, das Menschen von Grund auf verändern kann."

Er musste kurz husten. Als Florian sich wieder beruhigt hatte, legte er die Bibel zur Seite. „Ich hoffe sehr, dass dir diese Geschichte ein bisschen weiterhilft bei der Frage: ‚Was bedeutet es, für etwas zu brennen?'

Ich würde dieses Phänomen vermutlich so erläutern: Wer für etwas brennt, der ist von einer Sache dermaßen begeistert, dass diese Begeisterung ihm Sinn und Halt gibt – weil durch die Hingabe alles, was diese Person tut, wertvoll wird …"

„Halt!" Felicitas deutete auf den Drillingsband. „Heißt das jetzt, die Ängste der Jesus-Anhänger waren urplötzlich weg?"

Florian goss sich den letzten Rest des Sektes ein. „Nein. Oder anders gesagt: Ja, die Jünger konnten ihre Ängste überwinden, aber nicht, weil die Ängste weg waren, sondern weil die Hoffnung, die sie hatten … ihre Begeisterung … größer war als die Angst.

Nun steht die Geschichte ja in der Bibel, deswegen kann man auch sagen: Der Glaube dieser Frauen und Männer – ihr Glaube an Gott – gab ihnen so viel Vertrauen, dass alle irdischen Ängste ihre Macht verloren."

Die junge Frau stand aus dem Sessel auf und legte den Kopf schräg. „Du gehörst aber nicht zu irgendeiner obskuren Sekte? Und bist darauf angesetzt, mich zu bekehren?"

Der Alte musste lachen, bekam aber einen neuen Hustenanfall. „Ich? Nein … habe ich dir das nie erzählt?"

Er legte seine Hand auf die Bibel. „Ich war Pfarrer. 35 Jahre lang. In einer Stadt in Norddeutschland. Aber das weiß da draußen vermutlich keiner mehr. Ist auch schon lange her. Haben mich wohl alle vergessen.

Um ehrlich zu sein: Heute frage ich mich selbst gelegentlich, was ich den Leuten da Sonntag für Sonntag erzählt habe – und ob ich das alles glauben kann.

Aber die Pfingstgeschichte war schon immer meine Lieblingsstelle im Neuen Testament. Weil in ihr eine Wahrheit steckt, die größer ist als jede Konfession oder Weltanschauung.

Wenn du nicht für etwas brennst, dann bist du eigentlich schon tot. Und das sagt dir einer, der gerade mühsam versucht, die letzte Glut in sich noch einmal anzufeuern.

Keine Ahnung, ob ich es schaffen werde. Aber jetzt geht es ja auch nicht um mich. Sondern um dich."

Er hielt den wertvollen Drillingsband hoch. „Ja, ich würde dieses Buch hier verwetten, dass dein Roman sich verändert, wenn du den Mut hast, dich zu verändern.

Überlege, ob Nes dir das wert ist."

Felicitas brachte geistesabwesend die Sektgläser in die Küche, spülte sie und wollte eben aufbrechen, als Florian noch einmal im Türrahmen auftauchte: „Vergiss nicht. Du weißt erst, dass du wirklich für etwas brennst, wenn du sagen kannst: ‚Das Feuer in mir ist stärker als der Schmerz.'"

Die junge Frau stutzte. „Äh … was … woher kennst du … also … das … das ist ein Zitat aus dem Roman. Das sagt Nes … Wie kann das sein?"

Der Alte brabbelte nur beim Hinausschlurfen: „Zufälle gibt es … das ist alles sehr, sehr erstaunlich …"

„Nur wer selbst brennt,
kann Feuer in anderen entfachen.“
Augustinus

„Meine sehr geehrten Damen und Herren. Wenn Sie mir jetzt bitte folgen würden! In diese Richtung. So, noch ein bisschen aufrücken… sehr schön, vielen Dank.

Das nächste Meisterwerk sehen Sie hier rechts. Einmetervier mal einsachtundvierzig. Es stammt von Willem van Haecht und trägt den schönen Titel ‚Apelles malt Kampaspe'.

Dort, in der unteren linken Ecke können Sie das zentrale Motiv des Gemäldes klar erkennen: Ein Maler ist gerade dabei, eine ungewöhnlich attraktive Frau zu porträtieren, während ihm mehrere Personen interessiert zuschauen.

Dieses einzigartige Bild entstand um 1630 in Antwerpen und gilt als herausragendes Exemplar der Gattung ‚Gemalte Bildergalerie'. Wie Sie alle bemerken, zeigt der Künstler auf seinem Bild nämlich nicht nur den Maler mit seinem Modell, sondern auch mehrere Dutzend anderer Gemälde an den Wänden und am Boden… und zwar Gemälde, die damals vor allem im Antwerpener Kunstgeschäft eine wichtige Rolle spielten.

Das heißt: Die Bilder, die in dieser ‚Gemalten Bildergalerie' abgebildet sind, existieren tatsächlich. Eines davon, das ‚Bildnis eines Gelehrten' von Quentin Massys haben wir zum Vergleich im Original daneben gehängt, so dass vor unseren Augen ein echter ‚Dialog der Meisterwerke' entsteht – wie unsere Sonderausstellung zum 200. Geburtstag des Städels hier am Frankfurter Museumsufer ja auch heißt.

Das bedeutet: Willem van Haecht hat das ‚Bildnis eines Gelehrten' einfach in sein Gemälde hineinkopiert. Sie ahnen sicherlich, wie wichtig solche Verbindungen zwischen unterschiedlichen Werken für die Kunstgeschichte sind.

Aber kommen wir zum eigentlichen Thema dieses berückenden Bildes: ‚Apelles malt Kampaspe'."

Felicitas stieß ihre Mutter an und wisperte: „Müssen wir das noch weiter anhören?"

Andrea Klühe runzelte unwillig die Stirn. „Natürlich! Dafür sind wir doch hier."

„Also, ich nicht."

„Hör einfach zu. Es ist hochinteressant, was die Frau erzählt. Ich habe die Führung schon zweimal mitgemacht."

„Mama, bitte ..."

„Pssst!"

Auch die Museumsführerin warf Felicitas einen mahnenden Blick zu. „Vermutlich kennen einige von Ihnen die Geschichte von Apelles und Kampaspe. Aber ich fasse sie gerne noch einmal zusammen. Also: Apelles gilt als berühmtester Maler der Antike und lebte im vierten Jahrhundert vor Christus. Es ist zwar bedauerlicherweise kein Bild von ihm erhalten, aber der Satiriker Lucilius bemerkte einmal: ‚Ich habe ein Gemälde des Apelles gesehen, das weit über allen anderen Kunstwerken steht, die ich in meinem Leben erblickte.'

Nebenbei: Auf diesen Apelles geht ein Sprichwort zurück, das Sie alle kennen. Der Maler wurde nämlich einmal von einem Schuster kritisiert, er habe auf einem Bild ein Paar Schuhe nicht korrekt gemalt. Daraufhin rief der Künstler, für den immer die Freiheit der Kunst im Vordergrund stand, laut … na … was denken Sie? Genau: ‚Schuster, bleib bei deinen Leisten!'"

Andrea Klühe beugte sich zu ihrer Tochter: „Spannend, nicht wahr. Wusstest du das?"

Die Führerin hob ein wenig die Stimme: „Nun, eines Tages bekam Apelles von Alexander dem Großen, dessen Hofmaler er war, den Auftrag, die Geliebte des Herrschers zu malen: Kampaspe, seine absolute Lieblingskonkubine.

Nun, bei den langen gemeinsamen Zeiten von Künstler und Modell beim Malen des Bildes passierte etwas Unerwartetes: Die beiden verliebten sich ineinander … und wurden ein Paar. Apelles und Kampaspe. Der Maler und die Geliebte des Regenten.

Als Alexander der Große das herausfand, gestattete er großherzig, dass die beiden miteinander glücklich würden. Er stellte nur eine einzige Bedingung: Er wollte gerne das Gemälde bekommen.

Warum? Nun, er fand, Kampaspe sei darauf noch viel schöner als in Wirklichkeit.

Seither gilt diese Legende als Gleichnis dafür, dass Kunst und Wirklichkeit in einem besonderen Spannungsverhältnis zueinander stehen. Nun: Gelegentlich zeigt sich ja tatsächlich, dass die Kunst das Leben besser abzubilden vermag als jegliche Realität. Aber damit begeben wir uns natürlich in den Bereich der Kunstphilosophie.

Ich würde Ihnen jetzt gerne noch etwas zum Einsatz der Farben bei Willem van Haecht erzählen, bevor wir …"

Felicitas packte ihre Mutter einfach am Arm und zog sie von der Gruppe weg.

„Hey, was soll denn das?"

„Mama, ich bin extra hier nach Frankfurt gekommen, weil ich mit dir reden will. Nicht, um mir diese Sonderausstellung anzugucken. So toll sie auch sein mag."

Ihre Mutter brummte. „Komm, es sind nur noch zwei oder drei Bilder …"

„Nein, entweder du gehst jetzt mit mir – oder ich fahre wieder."

„Was ist denn nur mit dir los?"

Felicitas bugsierte ihre schmollende Mutter in das Café des Museums, das „Holbein's", und schob sie direkt zu einem Tisch, an dem die beiden Frauen einen weiten Blick über die steil aufragende Skyline Frankfurts und den Main hatten.

Erregt lief Felicitas zur Theke und bestellte zwei Tassen Kaffee und zwei Stücke Torte. Sie zeigte einfach wortlos auf die Auslage.

Als sie mit dem Tablett zurückkam, schaute ihre Mutter sie erwartungsvoll an. „Jetzt sag schon. Bist du schwanger? Hast du einen neuen Freund? Wurde dir gekündigt? Was ist denn so wichtig, dass wir deshalb diese exzellente Führung …"

„Möchtest du es wirklich hören, Mama?“

„Natürlich!“

„Dann lass mich einfach mal zu Wort kommen.“ Die junge Frau wollte an ihrem Kaffee nippen, verbrannte sich aber die Lippen.

Dann stürmten die Worte nur so aus ihrem Mund: „Mama! Ich will mein Leben ändern. Grundsätzlich. Vor allem .... ja, vor allem ... wegen Nes! Also, nicht nur wegen ihr, aber auch. Und natürlich auch wegen mir ...“

Andrea Klühes Gabel, mit der sie sich gerade ein Stück Kuchen in den Mund schieben wollte, blieb in der Luft stehen.

„Häh? Wovon redest du überhaupt?“

Felicitas fasste kurz zusammen, was Florian Rothermund ihr vorgeschlagen hatte. Dass sie versuchen sollte, ihr Leben zu verändern, um zu klären, ob sich dadurch möglicherweise auch im Roman „Feuerzunge“ etwas ändern würde.

Dass es vielleicht an ihr liegen könnte, ob Nes wieder ein Happy End erlebt. Und dass sie jetzt dabei war, herauszufinden, was es bedeutet, für etwas zu brennen und innerlich begeistert zu sein.

Ihre Mutter hatte irgendwann einfach mit dem Kauen der Torte aufgehört und sah aus, als hätten die Hochhäuser draußen am Mainufer angefangen zu tanzen.

Dann brach es aus ihr heraus: „Wenn du mich fragst, dann hat der Alte einfach einen Schlag. Der ist nicht mehr ganz richtig hier oben. Balla balla, wie wir früher gesagt haben.

Du kannst dir doch nicht von so einem erkennbar verwirrten Tattergreis erzählen lassen, was du zu tun oder zu lassen hast…“

Felicitas hob ihre Hand. „Ja, mag sein. Aber das Ende des Romans hat sich verändert. Das kannst du nicht leugnen. Und die Sache mit der Flasche… und… ach, ist doch auch egal. Ich möchte einfach nicht ein Leben lang das Gefühl haben, ich hätte nichts getan, um Nes zu helfen.“

„So was Absurdes habe ich noch nie gehört.“

Die junge Frau schaute kurz aus dem Fenster. Dann sagte sie hektisch: „Nun, bei einem hat Florian ganz sicher Recht: Es gibt Dinge im Leben, da nützt es nichts, ewig lang zu diskutieren… die muss man einfach mal machen, weil man nur dann sehen kann, welche Konsequenzen sie haben.

Außerdem… außerdem bin ich auch nicht hier, um mit dir darüber zu streiten, ob ich mein Leben ändern soll. Das habe ich längst entschieden.“

Sie atmete mehrfach tief durch. Dann schüttete sie den immer noch heißen Kaffee mit einem einzigen Schluck runter, richtete sich ein wenig auf und schaute ihrer Mutter direkt in die Augen. „Ich möchte gerne etwas finden, für das ich brennen kann.

Nebenbei: Könntest du mir eigentlich sagen, wofür du brennst? Was deinem Leben einen Sinn gibt, weil du es dafür unbedingt einsetzen möchtest?“

Andrea Klühe trommelte nervös mit den Fingern auf die Tischplatte: „Reden wir jetzt bitte erst mal von dir. Ja?

Du denkst also ernsthaft, wenn du zielstrebiger und … na, sagen wir mal … etwas selbstbewusster leben könntest, dann würde das eventuell dazu führen, dass sich ein fertig gedrucktes Buch verändert … dass dann ‚Feuerzunge' …"

„Es hat sich schon verändert, Mama. Nes und ich sind miteinander verbunden."

„Ja, ja … nehmen wir mal an, dem wäre tatsächlich so. Was ich mitnichten glaube. Und ich kenne eine Menge Frauen, die in ihren hysterischen Phasen so manche Halluzination erleben. Eine Freundin von mir, die hatte … ja, die hatte ernsthaft eine Zeitlang das Gefühl, ihr Cockerspaniel würde mit ihr reden … und zwar mit Zitaten von Howard Carpendale. Stell dir vor, dein Hund sagt ständig ‚Hello again' …"

„Mama!" Felicitas war so laut geworden, dass sich mehrere Gäste im Café neugierig zu den beiden Frauen umdrehten. Mit unterdrückter Wut fauchte sie: „Du machst es schon wieder. Immer wenn ich mit dir über etwas Persönliches reden will, lenkst du ab. Wechselst einfach das Thema. Erzählst irgendeinen Schwachsinn.

Aber da hab ich keine Lust mehr drauf. Ich bin hier, weil ich über mich reden will. Offen und ehrlich. Über mich.

Und über dich."

Andrea Klühe sah einen Moment so aus, als wolle sie zurückgiften, dann sagte sie sehr ruhig: „Wieso über mich?"

Ihre Tochter beugte sich vor und neigte den Kopf zur Seite. „Weil mir bewusst geworden ist, dass es verschiedene Gründe dafür gibt, warum ein Mensch nicht brennt. Und einer davon kann auch sein, dass er von miesen Gefühlen gehemmt wird. Quasi kaltgestellt.

Das heißt: Wenn ich in meinem Leben wirklich was verändern will, dann muss ich erst mal Klarschiff machen, wie du früher immer gesagt hast. Ja, ich muss alles, was mich blockiert, abschütteln."

Sie hob die Stimme: „Es gibt nämlich einiges, das mich lähmt..."

Die junge Frau hielt inne – konzentrierte sich. Und erklärte dann ganz schnell: „Und dazu gehört leider auch, dass ich dich seit vielen Jahren ... dass ich dich ... hasse."

Der Satz hing in der Luft, als könne man ihn mit Händen greifen. Schwer und zäh. Wie ein Schmerz. Jemand hatte die Zeit angehalten. Und sie wollte einfach nicht weiterlaufen.

Andrea Klühe saß da. Mit offenem Mund. Dann brach sie in Tränen aus. Sie hielt sich die Servietten, die Felicitas mitgebracht hatte, vor die Augen, als wolle sie sich dahinter verstecken.

Endlich schluchzte sie und sagte ganz langsam, Silbe für Silbe: „Ich weiß. Natürlich weiß ich das.

Meinst du denn, eine Mutter merkt so was nicht? Aber ... aber ich hatte nicht den Mut, mit dir darüber zu sprechen. Ich wollte nicht noch mehr kaputtmachen ..."

„Was hättest du da noch mehr kaputtmachen können?" Felicitas erschrak über die Härte in ihrer Stimme. „Du hast mir ständig erzählt, dass mein Vater nichts mehr von mir wissen will ... und in Wirklichkeit hast du ihm den Umgang mit mir untersagt. Hast ihm verboten, mich zu sehen. All die Jahre. Verdammt noch mal … warum?

Als ich dann endlich erkannt habe, was du für eine beschissene Mutter bist, da war es zu spät. Da lag Papa schon im Sterben und war nicht mehr ansprechbar. Mama, du hast mir meinen Vater weggenommen …“

Andrea Klühe liefen noch immer die Tränen über die Wangen. „Feli, meine …“

„Hör mir auf mit ‚Feli‘!“

Ihre Mutter schnäuzte sich.

Sie schaute auf die graue Tischplatte und sagte kaum hörbar: „Ja, ich war dumm. Das weiß ich. Aber erst jetzt. Damals war ich … da war ich nur verletzt. So unfassbar verletzt, weil ich … weil ich das Gefühl hatte, dass dein Vater mit seinen ständigen Ansprüchen und seinen starren Vorstellungen davon, wie eine Familie zu funktionieren hat, mir irgendwie das Leben geklaut hätte. Das Feuer.

Ich war zu jung bei unserer Hochzeit gewesen. Viel zu jung. Und die Angst, alles Kostbare im Leben zu versäumen, das Gefühl, von mir selbst abgeschnitten zu sein, wurde nach und nach zu einem richtigen Fluch.

Ja, ich habe deinen Vater damals gebeten zu gehen, aber ich habe mich als das eigentliche Opfer gefühlt.

Und … und weil ich es nicht mehr ertragen konnte, ihn, den Verursacher meines Unglücks, zu sehen, darum wollte ich auch nicht mehr, dass er dich sieht. Kannst du das nachvollziehen?

Er sollte einfach keinen Einfluss mehr auf unser Leben haben. Er … der Böse, der das Gute in meinem Dasein vertrieben hatte.

Ich weiß, ich habe ihn damals richtiggehend verteufelt. In meiner Not. Aber dadurch war doch ganz klar, dass meine Tochter den Teufel nicht ertragen sollte."

Felicitas schüttelte angewidert den Kopf. „Blödsinn. Du hast nur an dich gedacht. Und es war dir scheißegal, was mit mir passiert. Das ist alles, was mir dazu einfällt."

Andrea Klühe hob zum ersten Mal wieder den Kopf. Sie wischte sich mit der Serviette über die Wangen. „Das stimmt nicht. Jedenfalls nicht grundsätzlich. Ich habe … ich habe wirklich gedacht … ja, ich habe gedacht, das wäre besser so für dich. Aber Menschen machen viel falsch, wenn sie Angst haben. … Angst ist nun mal ein schlechter Ratgeber. Und als dein Vater damals auch noch erklärte, wir müssten über kurz oder lang wegen seines Jobs in eine andere Stadt ziehen …"

„Wie war das? Sag das noch mal."

„Papa wollte, dass wir umziehen."

„Nein, das meine ich nicht." Felicitas funkelte ihre Mutter an. „Den Satz vorher, den mit der Angst."

Die eingeschüchterte Frau blinzelte. „Du meinst: Menschen machen viel falsch, wenn sie Angst haben."

„Ja, genau." Felicitas malte mit dem Zeigefinger auf der Tischplatte einen großen Kreis. In Gedanken versunken.

Nach einigen Minuten flüsterte sie: „Florian Rothermund hat auch über Angst gesprochen. Darüber, dass das

Feuer in einem so stark brennen muss, dass es die Angst überwindet."

Ihre Augen weiteten sich. „Moment mal … Natürlich … das ist es. Das erklärt einiges."

„Was erklärt was?"

Da fing Felicitas an zu lachen.

Immer und immer lauter.

Ein befreiendes, glückliches Lachen.

Verwundert beobachtete die Bedienung hinter der Theke die beiden Frauen, von denen eine Tränen der Trauer, die andere Freudentränen in den Augen hatte.

Felicitas musste lange um Fassung ringen, dann stand sie auf, lief um den Tisch zu ihrer Mutter und umarmte sie. Sie rutschte auf den Stuhl neben Andrea Klühe und legte ihr die Hände auf die Knie.

„Mama, ich habe eben etwas völlig Verrücktes verstanden. Über mich. Durch deinen Satz zum Thema ‚Angst'.

Ich meine: Ich habe mich die ganze Zeit selbst gefragt, warum ich die Heiratsanträge von Laurenz immer wieder ablehne. Und jetzt bin ich vermutlich der Antwort auf die Schliche gekommen. Ja, mir ist soeben ein echtes Licht aufgegangen.

Pass auf: Ich glaube, ich habe mir als Teenager tatsächlich von Nes die Lust auf das große Abenteuer abgeschaut.

Natürlich … ich wollte ja so sein wie sie. So unabhängig. So stark. Und so frei. Das war auch absolut richtig für mich. Gerade wegen unserer diffusen Familiengeschichte.

Nur … nur: Diese Gier nach Ungebundenheit hat sich immer mehr verselbständigt. Das heißt, sie hat mich dermaßen in Beschlag genommen, dass ich vor lauter Angst, das ultimative Abenteuer zu verpassen, irgendwann überhaupt nicht mehr gewagt habe, Entscheidungen zu fällen."

Sie drückte die Beine ihrer Mutter so fest, dass diese fast aufgeschrien hätte. „Begreif doch: Die Angst, mich zu binden, ist selbst zu einer Bindung geworden. Vor lauter Drang nach Freiheit hatte ich keinen Mut mehr, mich tatendurstig auf etwas einzulassen. Ich habe all die Jahre auf irgendwas Unglaubliches gewartet … auf den absoluten Kick … auf den perfekten Moment … auf die unmissverständliche Wegweisung – und vor lauter Warten habe ich ganz viel verpasst."

Andrea Klühe legte ihre Hände auf die Hände von Felicitas. „Aber dann hat dir die Lektüre von ‚Feuerzunge' am Ende ja einen Bärendienst erwiesen.

Wenn ich dich richtig verstehe, bist du der Meinung … wie soll ich das ausdrücken … Hättest du nicht versucht, Nes nachzueifern, dann hättest du vermutlich auch die Anträge von Laurenz nicht zurückgewiesen. Weil du, wie sie, auf das ultimative Abenteuer gewartet hast. Sprich: Weil Nes Marten abgewiesen hat, hast auch du …"

„Genau!"

Ihre Mutter schob den Unterkiefer vor. „Ich wünschte, Johanna hätte dir dieses unsägliche Buch niemals geschenkt."

„O nein. Nes ist nicht schuld an meinem Elend. Na ja, vielleicht ein bisschen. Aber ich habe mir von ihr ja dummerweise nur den Freiheitsdrang abgeschaut, nicht ihre intensive Fokussierung auf ein Ziel.

Nes hat Marten abgewiesen, weil sie sich erst noch einen Traum erfüllen musste. Ich habe Laurenz abgewiesen, obwohl ich gar keinen alternativen Traum hatte. In meinem Leben gab es überhaupt nichts, für das ich gebrannt hätte."

Sie erhob sich. „Und genau das wird sich jetzt ändern. Jetzt will ich etwas finden, für das ich wirklich brenne. Am Besten so wie die Jünger an Pfingsten. Ja, ich will so von Begeisterung erfüllt werden, dass es mich einfach mitreißt. Dass ich Lust bekomme, loszulegen und meinen Platz in der Welt zu entdecken."

Felicitas wollte loslaufen. Doch ihre Mutter hielt sie zurück. „Wie kommst du nach Hause? Soll ich dich fahren?"

„Nein, ich bin mit dem Auto da."

„Was, ich dachte, deine Chefin ist immer so pingelig und duldet nicht, dass du privat damit fährst."

Die junge Frau zuckte spielerisch mit den Schultern. „Ich habe mir das Auto von Laurenz ausgeliehen. Ja, guck nicht so. Ich weiß, dass es blöd ist … erst trenne ich mich von ihm, dann leihe ich mir sein Auto … aber vielleicht hat es ja sein Gutes. Ich muss nämlich dringend zu ihm. Tschüss, Mama."

„Felicitas!"

„Ja?"

Andrea Klühe war hinter ihrer Tochter hergerannt und zog sie in den Gang vor die Toiletten. Mit flehender Miene sagte sie: „Feli, lässt du mich jetzt so hier stehen? Nach deiner … nach dieser Aussage … nach den Worten … dass du mich … hasst?“

Ihre Augen glänzten wieder verdächtig.

Felicitas rieb sich mit der Hand über den Nacken. Schließlich sagte sie: „Nein. Du hast Recht. Außerdem will ich diese schrecklichen Gefühle auch nicht mehr. Nur: Was soll ich denn machen?“

„Vergib mir!“

„Du … du bist meine Mutter. Wie soll ich …“

„Sag einfach die Worte: Ich vergebe dir. Und wenn du das auch meinst, dann wird alles gut. Bitte!“

Felicitas schaute an ihrer Mutter vorbei auf die Hochhäuser, auf die Mainpromenade, auf die vorüberfahrenden Autos und auf die Menschen, die alle stumm aneinander vorbeiliefen.

Langsam, unendlich langsam drehte die junge Frau ihren Kopf zur Seite, bis ihr Blick auf den ihrer Mutter traf.

Mit fester Stimme sagte sie: „Ich vergebe dir!“

Feuerzunge – 6. Kapitel

Ich vergebe dir. In Ordnung?“

Nes drehte Conrad, der sie vor dem windschiefen Holzverschlag im Hof abgefangen hatte, den Rücken zu und wollte zurück ins Haus laufen. Möglichst schnell.

In den Schwalbennestern unter dem Hausdach piepste es vielstimmig.

„Nes! Warte! Es tut mir wirklich leid, ich … ich hatte zu viel getrunken.“

„Ja, ja, schon gut. Ich habe doch gesagt: Ich vergebe dir. Damit ist alles gesagt.“

Der bärtige Spielmann mit der hellen Stimme hielt sie an der Schulter fest. „Meinst du das auch ernst?

Nes … Ja, ich weiß, ich hätte dich nicht einfach so anfassen dürfen. Natürlich nicht. Aber du bist nun mal eine … eine sehr attraktive Frau.“

Nes hob verächtlich die Augenbrauen: „Ach. Und du meinst, das gibt dir das Recht, dich nachts an mein Lager zu schleichen und deine Hand in mein Gewand zu schieben?“

Conrad hob beide Hände gen Himmel. „Na bitte, ich wusste es. Du hast das mit der Vergebung nur so gesagt. Du bist immer noch sauer auf mich.“

Er zeigte demonstrativ mit dem Finger auf sein rechtes Auge, das tiefblau unterlaufen war, weil Nes ihm bei seinem ungebetenen Besuch den Ellenbogen ins Gesicht gerammt hatte.

Die junge Frau ächzte genervt. Sie blickte ihrem Gegenüber direkt in die Augen. „Hör zu: Wir werden es als Lehrlinge von Meister Eckehart noch eine Zeitlang miteinander aushalten müssen. Und ich habe keine Lust, dass dieses … dass dein übergriffiges Verhalten von nun an zwischen uns steht und unsere Arbeit belastet. Kapiert?"

Sie wandte sich erneut ab. Im Weggehen sagte sie: „Ich möchte mich von jetzt an in Ruhe auf die Prüfung als ‚Feuerzunge' vorbereiten. Da brauche ich keinen Ärger. Also: Lass uns Freunde sein."

Conrad rannte hinter Nes her und legte die Arme um sie. Euphorisch. Wie eine Umklammerung. „Du, das freut mich total. Ja, ich bin dein Freund. Du bist meine Freundin. Das … nun, das sollten wir mit einem ordentlichen Kuss besiegeln. Komm!"

Er drehte sie zu sich, schob ihr die Haare aus dem Gesicht, hielt dann ihren Kopf mit seinen schwieligen Fingern fest und beugte sich nach vorne. „Geliebte Nes …"

Angewidert versuchte Nes, sich aus dem Griff zu befreien. Als ihr das nicht gelang, spuckte sie Conrad an.

Mit aller Kraft. Kurz bevor dessen Lippen ihren Mund erreicht hatten.

„Bäh! Spinnst du?"

Sie trat ihm wutentbrannt auf den Fuß, so dass der Lehrling erschrocken losließ.

Mit übertriebener Artikulation erklärte die erboste Frau: „Ich habe dir gesagt, dass ich nichts von dir will. Ist das bei dir nicht angekommen? Du wirst nicht in meinem

Bett landen. Fertig! Halt dich von mir fern und lass mich meine Ausbildung abschließen. So lange dauert es ja nicht mehr."

Conrad wischte sich mit dem linken Ärmel die Spucke ab. Dann kniff er die Augen so zusammen, dass nur noch kleine Schlitze zu sehen waren, und fixierte Nes. Einer seiner Mundwinkel zuckte.

Mit unterdrückter Wut zischte er: „Du … du blöde Kuh. Du wirst nie eine ‚Feuerzunge' werden. Hörst du? Niemals!"

Er wollte sie wieder packen, doch Nes wich dem Griff aus. Fast wäre sie nach hinten gefallen, weil Conrad sie immer heftiger anging: „War dir das nicht klar? Ich meine: Hast du tatsächlich geglaubt, Meister Eckehart hätte dich wegen deines künstlerischen Talents als Schülerin angenommen? Wegen deiner immensen Begabung? Träum weiter!

Meister Eckehart hat dich bloß akzeptiert, weil er Meister Auberlin aus Dünstedt eins auswischen will. Das ist alles! Die beiden sind seit Ewigkeiten Konkurrenten. Mehr noch: erbitterte Gegner.

Tja, und als Meister Auberlin dich abgewiesen hat, da hat Meister Eckehart aus Trotz Ja gesagt. Weil er immer das Gegenteil von dem tut, was sein Widersacher macht. Ende der ach so bewegenden Geschichte von der ersten weiblichen ‚Feuerzunge'.

Wenn du wüsstest, wie lächerlich du dich seit Monaten vor allen Leuten machst – und wie sie in den Schänken und Tavernen über dich lästern. Feuerhexe nennen sie dich. Und das vermutlich zu Recht.

Nes … Nes … Nes! Es ist nun mal eine Tatsache: Frauen haben keine Begabung im Umgang mit Feuer. Höchstens beim Kochen. Und dabei sollten sie es auch belassen. Feuer ist seit alters her etwas zutiefst Männliches. Mächtig. Zerstörerisch. Bedrohlich. Nichts für schwache Gemüter wie dich."

„Ach, ich bin ein schwaches Gemüt!" Nes hatte die Hände in die Hüften gestemmt und blitzte Conrad an, der sich vor ihr aufgebaut hatte. „Vermutlich ist dir in deiner weithin strahlenden Beschränktheit noch gar nicht aufgefallen, dass ich dir bei allen Übungen weit voraus bin. Und wie.

Hey, wenn du dich bei deinen kümmerlichen Proben sehen könntest. Du müsstest vermutlich selbst lachen. Oder kotzen. Ja, jedes Mal, wenn du mit tumben Gesten probierst, Feuer zu spucken, kommt nur ein mickriges Flackern zustande, ein lächerlicher … ja, eine Art Feuerpfurz, ein röchelndes, verendendes Schwelen.

Ich sag mal so: Wenn bei dir alles so klein ist, wie deine peinlichen Flammen, dann gute Nacht."

Die Hände der Gauklerin waren vor Anspannung gebogen. Angriffslustig hatte sie sich nach vorne gebeugt. „Ich glaube … o ja, ich glaube … dass du einfach nur neidisch bist, weil ich als Frau die Flammen deutlich besser im Griff habe als du. Als du … ein großkotziger Mann.

Oder sollte ich lieber sagen: ein Männlein. Denn wer sich nachts an schlafenden, wehrlosen Frauen vergreifen muss, ist ja offensichtlich zu hässlich, zu blöd oder zu abstoßend, um auf anständige Weise ein Mädchen für sich zu gewinnen. Du Flasche.

Ich hoffe, das war deutlich genug."

Sie spuckte erneut aus. Diesmal auf den Boden. Mit einem kehligen, schroffen Laut der Abscheu.

Conrad folgte dem Auswurf mit den Augen und wischte sich noch einmal übers Gesicht.

Dann brüllte er, völlig außer sich: „Ach ja? Pass auf: Samstagnacht! Wenn Meister Eckehart verreist ist. Da treffen wir uns. Am Brunnen. Vor der Kirche. Du und ich. Zu einem Wettstreit.

Dann will ich sehen, was du drauf hast. Und die Leute aus dem Dorf sollen frei entscheiden, wer von uns das Zeug zur ‚Feuerzunge' hat.

Komm und blamier dich. Ich warte auf dich, Hexe!"

Am Abend saß Nes in ihrer Kammer. Tränenüberströmt. Vor sich den Lederbeutel mit ihren wenigen Habseligkeiten, in der Hand einen Kamm aus Schildpatt, den ihr ihre Mutter zum Abschied geschenkt hatte.

Konnte es sein, dass Conrad Recht hatte? Obwohl er so ein Idiot war? Dass sie sich aus Sturheit in etwas hineingesteigert hatte? Dass sie sich verrannt hatte? Blind für die Realität? War das alles nur Schwärmerei? Was, wenn sich ihr Traum als Hirngespinst entpuppte? Als Narretei?

Vermutlich hatte sie sich damals, bei ihrer Begegnung mit der geheimnisvollen Gauklerin, nur eingebildet, dass die Kunst das Leben besser abzubilden vermag als die Wirklichkeit.

Außerdem, was hieß das schon: Kunst? Sie war dabei, eine Gauklerin zu werden. Nicht mehr, aber auch nicht weniger.

Seit fast einem Jahr trainierte sie täglich mehrere Stunden. Verbissen und hochkonzentriert. Und ja, sie machte Fortschritte. Leichte zumindest.

Doch was, wenn all ihre Bemühungen vergeblich blieben, weil der Gaukler-König sie ohnehin nicht zur Prüfung zulassen würde? Wenn sie, die unruhige, aufgedrehte Nes, für solch einen spektakulären Beruf schlichtweg nicht geschaffen war?

Alles in ihr verkrampfte sich. So sehr, dass mit einem lauten Knacken der teure Kamm in ihrer Hand zerbrach.

Entsetzt ließ Nes die Stücke in ihren Schoß fallen.

Kaputt. Wie alles, was sie anfasste.

Dabei konnte sie ihre missliche Situation ja schnell und unkompliziert beenden. Sie musste einfach nur ihre Sachen zusammenpacken, die Tür hinter sich schließen und zurück in ihr Heimatdorf ziehen. Das Ungemach beenden, bevor es zu spät war.

Es klang einfach. Ganz einfach: Der Sohn des Schmieds hatte schon mehrfach unmissverständlich angedeutet, dass er sie zur Frau nehmen wollte.

Warum auch nicht? Sie würde einen Haufen Kinder bekommen – und ab und an sehnsüchtig in der verrauchten Schmiede sitzen und in die knisternden Flammen schauen, bis sich ihr Blick darin verlor. Das war auch kein schlechtes Leben. Zumindest gab es schlechtere.

Zudem hatte noch niemand, den sie kannte, jemals den gepriesenen „Herrn des Feuers“ gesehen, von dem die Troubadoure so hingebungsvoll sangen. Wie konnte ausgerechnet sie als Frau davon träumen, eines Tages in den Orient zu ziehen, um ihn zu finden und sich von ihm in die eigentlichen Geheimnisse des Feuers einweisen zu lassen?

Ein Mensch musste die Größe haben, sich und der Welt einzugestehen, dass er in eine Sackgasse geraten war. Weil Hoffnungen eben gelegentlich zerbrachen. Wie dieser Kamm. Sie war in einer Traumwelt versunken gewesen und musste zurück in die Realität finden.

Hilflos schlug Nes auf die Bettdecke und krallte ihre Finger hinein.

In diesem Moment fing Pyros unter dem Bett an zu winseln. Kläglich und voller Angst. Verblüfft starrte Nes ihren noch immer tapsigen jungen Hund an.

Auf seinem gescheckten Rücken standen die Haare senkrecht nach oben.

Als sie das Fell herunterdrücken wollte, erhielt sie einen Schlag – und ein winziger Funke blitzte auf, der einen Augenblick in ihrer Handfläche glitzerte, bevor er sich auflöste.

„Pyros, was ist das?“

Erst jetzt bemerkte Nes die unnatürlich schwüle Luft, die schwer und sämig im Raum hing.

„O je, ich fürchte, in der Nähe zieht ein gehöriges Gewitter auf.“

Pyros hatte den Kopf zwischen die Pfoten gelegt und blickte mit unergründlichen Augen zu ihr auf.

In diesem Moment stürzte mit einem lauten Poltern der Tonkrug um, den die junge Frau auf einen Hocker an der Tür gestellt hatte, und ein Windstoß fegte durchs Zimmer.

„Puh, wie heftig muss der Sturm erst da draußen toben, wenn er sogar hier drinnen durch die Ritzen jagt", durchfuhr es Nes.

Sie strich Pyros noch einmal beruhigend über den Kopf. Dann hob sie den Krug auf, öffnete die Tür und trat hinaus ins Freie.

Am Horizont zuckten Blitze durch die Nacht, und die eigentümliche Spannung, die zwischen den Windböen in der Luft lag, kribbelte auf der Haut der Gauklerin. Von den Zehenspitzen bis hinter die Ohren und an den Haaransatz. Zugleich legte sich eine kraftvolle Stille um sie – wie ein Mantel aus Energie.

Ohne zu wissen, warum, lief Nes nach Osten, in Richtung Dorfplatz, und blieb dort vor der kleinen Kirche stehen, deren dunkle Fenster sie wie die Augen eines Tieres anstarrten. Eines wilden Tieres, das kurz vor dem Sprung steht.

Atemlos hielt Nes inne, weil sie erahnte… nein, weil sie spürte, das gleich etwas geschehen würde.

Und dann passierte es: Schlagartig fing die Kirche an zu knistern. Laut und pochend. Durchdringend. Als würden die Steine stöhnen.

Trotz der dickflüssigen, schwülen Luft begann Nes zu frösteln. Sie legte die Arme eng um den Körper und suchte gebannt nach der Quelle der pulsierenden Laute.

Endlich sah sie, woher das Knistern kam.

Unfassbar!

Das metallene Kreuz ... hoch oben auf der Kirchturmspitze ... stand ... in Flammen.

Wahrhaftig, es brannte lichterloh.

Ein blau-violetter Feuerkranz umgab die geschmiedeten Balken wie ein glänzender Heiligenschein, während Funken und Blitze in alle Richtungen davonstoben.

Ein wildes, heiliges Feuer, das die Nacht erhellte.

Und während Nes bebend und mit hoch erhobenem Kopf in den Himmel auf das flammende Kruzifix starrte, wurde etwas in ihr ganz leicht.

Eine zärtliche Gewissheit erfüllte sie, dass diese Erscheinung ein Zeichen war. Eine Botschaft des Himmels. Ein überirdischer Hinweis.

Für sie. Ganz für sie allein.

Sie verstand.

Ganz gleich, was irgendjemand über sie sagen würde ... ganz gleich, ob sie die Prüfung zur ‚Feuerzunge' bestehen würde ... ganz gleich, welche Widerstände sich ihr noch in den Weg stellen würden: Das Feuer war ihr Leben. Es beseelte sie. Ja, mehr noch: Es war ihre Bestimmung. Deshalb würde sie unter allen Umständen eine Feuerkünstlerin werden.

„Du hast doch gar keine Wahl", tönte es in ihr, „wenn du berufen bist, mit Hilfe des Feuers Schönheit in die Welt zu bringen, dann darfst du dein Licht niemals unter einen Scheffel stellen. Dann erfüllt sich darin deine Berufung. Nur darin."

Auf einmal wusste Nes auch, dass sie am nächsten Abend gänzlich unbesorgt zu dem Wettstreit mit Conrad gehen konnte. Denn es bedeutete nichts, ob sie gewinnen oder verlieren würde. Es kam nur darauf an, dass sie den tiefen Frieden wieder spüren würde, den sie immer empfand, wenn sie das Feuer tanzen ließ.

Dann war sie ganz bei sich.

Dann war sie nicht nur die, die sie sein wollte, sondern die, die sie sein sollte.

Als sie diesen Gedanken zu Ende gedacht hatte, erlosch das Feuer auf der Kirchturmspitze.

Conrad schwitzte. Aus allen Poren. Umringt von einer Horde Jugendlicher, die jeden seiner Feuer-Tricks lautstark beklatschten, stand er auf dem Rand des Brunnens und schleuderte seinen Oberkörper hin und her. Wie ein römischer Gladiator.

Dann, als Höhepunkt seiner Vorstellung, hielt der Lehrling beide Hände vors Gesicht und jagte eine Flammenwolke dagegen, so dass die dichten Haare auf seinen Unterarmen anfingen zu brennen und sich in winzige glühende Kringel verwandelten.

Stolz präsentierte er der Menge den Anblick seiner schwelenden Muskeln.

'Au, das tut weh', dachte Nes. 'Ist aber äußerst eindrucksvoll. Hut ab. Kann man nur leider nicht so oft aufführen, weil die Haare ja erst wieder nachwachsen müssen. Und ich als Frau muss da sowieso passen. Auf meinen Armen wäre gar nicht genug Material zum Verfeuern.

Außerdem hat Meister Eckehart solche Mätzchen strikt verboten. Er verachtet Kunststücke, die den Künstler in Gefahr bringen.'

Der Lehrling deutete mit seiner Fackel auf die junge Frau und rief laut in das Klatschen seiner Anhänger: „Hier, diese ungezogene Göre möchte ebenfalls eine ‚Feuerzunge' werden. So eine Anmaßung. Es gibt offensichtlich gute Gründe, dass Frauen sich lieber auf das Feuer in den Lenden der Männer konzentrieren sollten."

Einige Anwesende grölten.

„Los, Nes, zeig uns, was du gelernt hast. Ob du so was Spektakuläres beherrschst wie meine brennenden Arme. Ist übrigens meine eigene Erfindung … der Trick. Nicht schlecht, was?"

Er reckte noch einmal die Hände in die Luft, bevor er Nes die Fackel reichte. „Bitteschön … die Bühne gehört dir … Feuerhexe!"

Die Gauklerin nahm die Fackel und … pustete sie aus.

Überall um den Brunnen fingen die Leute an zu tuscheln.

‚O Conrad', durchfuhr es Nes, ‚selbst wenn du eines Tages noch lernen solltest, wilde Feuerstrahlen auszustoßen, wirst du vermutlich nie begreifen, was es bedeutet, lustvoll mit dem Publikum zu spielen, mit den Erwartungen und der Neugierde der Frauen und Männer. Denn nur das sorgt für den Nervenkitzel, der aus unserer Feuerkunst eine

Geschichte werden lässt … eine kribbelnde Geschichte, an der die Menschen teilhaben wollen.‘

Sie verbeugte sich in Richtung Kirche und wandte dann ihr Gesicht zum Mond. Weich legte sie den Finger auf den Mund und das Gemurmel verstummte. Mit einer großen Bewegung streckte Nes den Arm Richtung Wald, als könne sie von dort das Feuer zu sich heranziehen.

Einmal, zweimal, immer und immer wieder. Mit wiederkehrenden Lauten der Anstrengung. Es war, als wolle sie die Flammen herbeikeuchen.

Und da … da tauchte tatsächlich auf wundersame Weise zwischen den Baumstämmen ein Lichtpunkt auf, eine kleine Flamme, die auf die Leute zuzulaufen schien.

Schneller und schneller raste das Licht von der Waldkante auf den Dorfplatz zu, immer heller leuchtete es – als würde es von Nes beschwörenden Bewegungen herbeigezogen. Näher und immer näher kam die Flamme …

… und plötzlich löste sich die Spannung der Menge in einem befreienden Lachen auf, als die Umstehenden trotz der Dunkelheit erkannten, dass es Pyros war, der Hund, dem die Gauklerin mit einer komplizierten Konstruktion eine kleine Fackel auf dem Rücken befestigt hatte.

Doch das Lachen ging nahtlos in ein Staunen über, als der Hund auf einmal vor seiner Herrin in die Luft sprang. Denn just in diesem Moment spuckte Nes ihre ganz spezielle Sporen-Mischung in die Feuerquelle, so dass über Pyros ein breites Feuerband explodierte, das aussah, als hätte das Tier weit ausladende Flügel aus Flammen.

Doch das war nur der Anfang.

Als gäbe es in der Luft etwas Essbares zu erhaschen, hüpfte der dressierte Rüde um Nes herum, und die Feuerspuckerin verzierte seine Sprünge mit glutroten Wolken.

Da der Hund selbst im Dunkeln kaum zu sehen war, entstand so um die junge Frau ein Feuerwerk aus kleinen Explosionen, wild und ungestüm – und zugleich voller Anmut.

„Wie schön!“, rief Nes, selbst ganz überwältigt von dem munteren Spiel.

Auf einen Pfiff der jungen Frau hin sprang Pyros auf ihren Arm, woraufhin sie geschickt unter die Befestigung der Fackel griff und drei Bälle zum Vorschein brachte – filigrane Konstruktionen aus Draht, um die jeweils ein mit Lampenöl getränkter Docht gewunden war, den sie jetzt an der Fackel entzündete.

Kaum brannten die Bälle, begann Nes mit ihnen zu jonglieren. So schnell und geschickt, dass das Feuer ihre Finger nicht versengen konnte.

Minutenlang sprangen die flammenden Kugeln durch die Luft und malten dabei helle Linien in die Nacht. Pirouetten aus Licht. Ein hinreißender Tanz aus Kreisen, Bögen, Saltos und Hüpfern.

Dann plötzlich spuckte Nes noch einmal eine große Feuerwolke in den Himmel, steckte dabei blitzschnell die Kugeln in ihre Schürze, wo sie erloschen, und stand erschöpft, aber glücklich inmitten der Menschen, die noch gar nicht recht begriffen, dass die Vorführung vorüber war.

„Conrad war besser!“ brüllte einer der Jugendlichen sofort und schlug mit dem Eimer des Brunnens gegen den Rand. Daraufhin fielen alle anderen Jugendlichen ein: „Conrad war besser! Conrad war besser.“

Nes lächelte in die Dunkelheit. „Da hat er also solche Angst, dass er sich Freunde bestellt, die für ihn stimmen.“

Und es machte ihr überhaupt nichts aus.

„Ruhe!“

Eine Gestalt war auf den Brunnenrand gesprungen und hatte die Hände gehoben. „Seid ruhig. Ich möchte etwas sagen. Ich meine, dass alle, die auch nur einen Hauch Gespür für Kunst besitzen, gesehen haben, dass die Vorführung von Nes um Klassen besser war.“

Conrad näherte sich dem Mann. „Was erlaubst du dir? Wer bist du überhaupt?“

Der Fremde drehte sein Gesicht ins Mondlicht. Mit fester Stimme erklärte er: „Ich bin Marten, der Sohn des Gaukler-Königs. Wenn du, Conrad, jemals die Prüfung zur ‚Feuerzunge‘ ablegen möchtest, dann solltest du jetzt sehr genau überlegen, was du tust und wie du dich mir gegenüber verhältst.“

„Marten!“

Nes lief zu dem Sänger hin, während sich Conrad mit seinen Freunden murrend verzog und im Wirtshaus verschwand.

„Marten, was machst du hier?“

Er zog sie an sich. „Ich wollte unbedingt Pyros wiedersehen. Weißt du: Ich hänge sehr an dem Kleinen. Als er ein

Welpe war, ist er oft auf meiner Brust eingeschlafen. Das vergisst man nicht."

Die junge Frau löste sich aus der Umarmung. „Ach, wegen Pyros. Na, gut …"

„Nes, was du da gerade gemacht hast, das war vermutlich die phantastischste Feuershow, die ich je gesehen habe. Wirklich …"

Sie unterbrach ihn: „Allgemein … oder für eine Frau?"

Marten lachte, so dass in der Dunkelheit seine Zähne glänzten. „Nein, nicht nur für eine Frau. Grundsätzlich. Man hat das Gefühl, dass … also … dass das Feuer und du, dass es eine Beziehung zwischen euch gibt. Als wärt ihr … ja, als wärt ihr befreundet. Gute Freunde, die miteinander das Leben feiern."

„Eifersüchtig?" Sie versuchte, in der Dunkelheit den Gesichtsausdruck von Marten zu erkennen. Vergeblich.

„Du meinst, ich bin eine gute Feuerspuckerin? Ist es das, was du mir mitteilen willst?"

„Ja", erwiderte Marten, „du bist die Beste. Und das sage ich nicht nur, weil du meinen … also meinen ehemaligen Hund in dein Programm eingebaut hast."

Nes legte ihm die Hand auf die Brust. „Marten, wenn du das ernst meinst, dann musst du mit deinem Vater reden. Bring ihn dazu, mir eine Chance zu geben. Nur eine …"

Der Sänger senkte den Kopf. „Du weißt doch, wie er ist. Konservativ durch und durch. Er liebt die alten Bräuche und Gewohnheiten. Die guten Traditionen …"

„Dass Frauen keine ‚Feuerzungen' werden dürfen, ist eine miserable Tradition." Nes nahm seine Hand. „Marten, ich habe ein Zeichen bekommen. Dort oben … siehst du das Kreuz auf dem Kirchturm? Es hat gebrannt … ja, es stand in Flammen … gestern … und es, es hat mir gesagt, dass das Feuer Gottes Geschenk an mich ist."

Marten schwieg.

Erstaunlich lange.

Endlich erwiderte er ruhig: „Nes. Das war ein Elmsfeuer. Davon gab es gestern einige. Wegen des Sturms. Ja, die sind selten, sehr selten sogar, aber leider keine Wunder. Gelegentlich tauchen sie bei bestimmten Wetterlagen auf."

„Und warum gestern? Warum gerade gestern?" Nes' Stimme überschlug sich. „Willst du mir etwa auch noch mein Zeichen ausreden? Willst du das? Pah … das wird dir nicht gelingen. Mir ist völlig egal, ob du daran glauben kannst oder nicht. Ich weiß, was ich erfahren habe. Mann, ich fasse es nicht … wer hätte gedacht, dass du so kleingläubig bist."

Der Sänger legte die Hände in den Nacken und drückte sie durch. Mehrfach versuchte er, in der Dunkelheit einen Blick auf Nes zu erhaschen. Nach kurzem Zögern sagte er: „Nein, das bin ich nicht … das heißt … wenn du der festen Überzeugung bist, dass du eine Botschaft bekommen hast, dann glaube ich dir."

„Wirklich?"

„Ja!"

Nes hüpfte vor Aufregung einmal kurz in die Luft. „Dann zeig mir, dass du das auch so meinst – und rede mit deinem

Vater. Marten, du wirst eines Tages der neue Gaukler-König sein. Zeig mir, dass schon jetzt ein König in dir steckt. Überzeuge ihn. Bitte. Mir zuliebe."

Mit einem leichten Ruck streckte sie den Kopf vor und küsste Marten auf den Mund. Zart wie eine Feder.

„Du schaffst das." Dann zog sie ihn Richtung Wirtshaus. „Komm, wir trinken noch ein Glas Wein."

Nes riss in ihrem Überschwang so heftig an Martens Obergewand, dass der junge Mann das Gleichgewicht verlor und auf den Boden fiel.

„O nein, das tut mir leid. Ist dir was passiert? Komm doch wieder hoch."

Marten schüttelte den Kopf. „Nein, warte, mir ist beim Sturz nur etwas aus der Tasche gefallen. Augenblick … ja … hier ist es."

„Was denn?"

„Ein Geschenk für dich. Ein befreundeter Troubadour hat mir einen Liedtext geschenkt. Wunderschön. Er erzählt von einer Frau, die die Gabe besitzt, Menschen zu helfen. Ich dachte, diesen Text solltest du lesen. Weil … ja, weil dir diese Frau … irgendwie ähnlich ist."

„Leicht wird ein kleines Feuer ausgetreten,
das, erst geduldet, Flüsse nicht mehr löschen.“
William Shakespeare

Felicitas hielt Laurenz sachte am Ärmel seines T-Shirts und führte ihn entlang der hochgewachsenen Ginsterhecke, die die Flussaue von den Wohnhäusern trennte. Dabei schaute sie immer wieder auf ihre zierliche Armbanduhr.

„Laurenz! Geht das vielleicht ein bisschen schneller? Wir dürfen auf keinen Fall zu spät kommen.“

Ihr Begleiter unterdrückte einen Fluch. Fast jedenfalls.

Felicitas hatte ihm nämlich am Parkplatz die Augen verbunden, und es war erkennbar, dass sich alles in dem jungen Mann dagegen sträubte, so ausgeliefert zu sein. Verkrampft setzte er einen Fuß vor den anderen, als liefe er auf dünnem Eis.

„Entspann dich doch mal“, schimpfte seine Begleiterin und schüttelte ihn mehrfach. „Ich lass dich schon nicht frontal gegen eine Laterne knallen. Was denkst du eigentlich von mir?

Obwohl … der Gedanke hat natürlich was Verlockendes.“

Laurenz blieb stehen. Kurz zuckten seine Hände zu dem Seidenschal, der um seinen Kopf gewickelt war.

Dann ging ein Ruck durch seinen Körper, und er bemühte sich, locker weiterzulaufen. „Du hast gut reden. Das ist nun mal ein komisches Gefühl, wenn man überhaupt nichts sieht. Und zwar wie. Sag mal: Muss das mit diesem

Blinde-Kuh-Spiel denn wirklich sein? Außerdem verpasse ich just in diesem Moment deine außergewöhnliche Schönheit im Abendrot."

„Ach", sagte Felicitas und drückte seinen Arm: „Das heißt, du vertraust mir nicht?"

Leicht aufgebracht erwiderte Laurenz: „Doch. Und das weißt du auch. Aber es kostet richtig Überwindung, sich zu bewegen, wenn man blind ist. Niemand möchte einfach ins Ungewisse laufen.

Kannst du mir wenigstens sagen, wohin wir gehen?"

„Nein, aber wir sind bald da. Wenn du die Ohren aufmachst, müsstest du eigentlich schon was hören."

Der unsichere Mann verlangsamte seine Schritte. „Warte mal. Stimmt. Da trommelt jemand. Und… genau… ja, einer spielt Flöte."

„Bravo, ganz gut." Felicitas schien sich über seine Hilflosigkeit ungemein zu amüsieren. „Aber… halt… bevor wir unser Ziel erreichen, musst du bitte hier ins Gebüsch und dich umziehen."

„Was?"

Felicitas kicherte, und er hörte, wie sie etwas aus ihrem Rucksack zog. „Frag nicht. Mach einfach. Da, eine Hose und ein Hemd. Aber pass auf, dass die Augenbinde drauf bleibt. Sonst werde ich sauer."

„Feli! Bitte! Wer garantiert mir denn, dass hier wirklich ein Gebüsch ist? Ich meine: Vielleicht bin ich gerade umringt von einer riesigen Horde des… was weiß ich… des Landfrauen-Verbands Mittelhessen, die alle schon lüstern ihre Handys gezückt haben, um den Trottel zu filmen, der auf einem öffentlichen Kinderspielplatz ungelenk versucht, ein … keine Ahnung … ein knallgelbes Hasenkostüm anzuziehen."

Sie stieß laut die Luft durch die Nase aus. „Also, ich fänd's total romantisch. Und wenn du morgen auf YouTube millionenfach als Spielplatz-Bunny angeklickt wirst, wäre das doch nett … aber du kannst mir glauben. Hier ist wirklich ein Gebüsch. Und es handelt sich auch nicht um ein Hasenkostüm. Schade eigentlich. Das wäre eine gute Idee gewesen."

Sie nahm seine Hand und legte sie auf die schmalen Äste der Bepflanzung.

„Zufrieden? Hier ist dein Gebüsch. Das hier sind die Kleider. Und es ist auch garantiert niemand da, der deine ausgewaschene Snoopy-Unterhose sehen könnte."

„Häh? Ich besitze überhaupt keine Snoopy-Unterhose …"

Sie schob ihn energisch vom Weg in die Bepflanzung, die hinter einem Kleingartengelände angelegt war. „Los jetzt. Es wird schon dunkel."

„Das ist mir als Blindem gerade ziemlich egal."

Widerstrebend und mit nach vorne ausgestreckten Armen, von denen die Anziehsachen herunterbaumelten, verschwand Laurenz zwischen den Büschen.

Wenig später kam er wieder hervor – und als Felicitas ihm mit einem Handgriff noch eine schwarze Leinenmütze auf den Kopf setzte, sah es aus, als wäre er soeben aus einer Zeitmaschine gestiegen. Sie packte seine Jeans und sein

Polo-Shirt in ihren Rucksack und griff wieder nach seinem Arm.

Laurenz zögerte.

Beklommen fragte er: „Mmmh … Feli … wirfst du mir irgendwas vor, für das du dich heute Abend auf grauenvolle Weise rächen möchtest? Sei ehrlich: Habe ich jetzt was in Neonfarben an? Kotzgrün vielleicht? Oder steht auf meiner Brust: ‚Ich bin ein Arschgesicht‘? Ruft gleich jemand: Willkommen bei ‚Verstehen Sie Spaß‘! Oder wirfst du mich am Ziel in ein gigantisches Gülle-Becken und willst freundlicherweise meine privaten Kleider schonen?“

Er versuchte ihre Hand zu finden, griff aber daneben. „Denk bitte dran, du wolltest die Trennung auf Zeit. Ich hätte das nicht gebraucht. Und als du mich vorhin angerufen hast, da ist mir erst mal das Herz stehen geblieben, weil ich Schiss hatte, dass du endgültig Schluss machst.“

Er machte eine Pause.

„Mensch, Feli, sag mir doch endlich, was das hier werden soll! Da würde ich mich deutlich besser fühlen.“

Wortlos zog sie ihn weiter.

Und während Laurenz hinter ihr herstolperte, wurden die eigenartigen Geräusche mit jedem Schritt lauter. Zwischen die Trommel und die Flöte mischten sich Stimmen, das Klirren von Tonkrügen, Lachen, Gesang, Rufe, Blöken – und die pochenden Schläge eines Holzhammers. Gleichzeitig hörte man es aus Schwalbennestern vielstimmig piepsen.

Wenig später waren die beiden von vielen Menschen umgeben – und Laurenz fühlte sich immer unwohler.

„So", sagte Felicitas, hielt mitten im Trubel an und schaute noch einmal verstohlen auf ihre Uhr, „in zwei Minuten geht es los. Wir kommen genau richtig. Aufgepasst!"

Sie griff hinter seinen Kopf und zog ihm mit einem Ruck den Schal herunter, mit dem sie seine Augen verbunden hatte.

Fassungslos blinzelte Laurenz in die Nacht.

„Was ist das denn?"

Der junge Mann streifte mit seinen Blicken über die vielen bunten Zelte und Buden, die Marktstände und die hölzernen Aufbauten, zwischen denen sich Hunderte von kostümierten Menschen tummelten: Mönche, Landsknechte, Harlekine, Mägde, Ritter, Kaufleute und Adelsfrauen.

Seine Hände glitten nach unten auf das, was er selbst am Leib trug.

Erleichtert lachte er auf. „Natürlich! Das ist eine mittelalterliche… wie heißt das noch?… genau… eine Gewandung. Wir sind auf einem Mittelalter-Markt, so einer Art Feierey. Hey, was für eine schöne Idee. Jetzt verstehe ich auch, warum du so ein… sagen wir… ungewöhnliches Kleid anhast. Tolle Idee. Hab ich dir eigentlich mal erzählt, dass ich als Kind ganz oft…"

Felicitas legte ihm den Finger auf den Mund. Dann nahm sie seine Hand und ging mit ihm vor die Holzbühne, die am Rand des Marktgeländes aufgebaut war und durch mehrere Fackeln erhellt wurde.

„Da, sieh genau hin. Es geht gleich los."

Genau in diesem Augenblick trat mit einem Trommelwirbel ein Herold in einem rötlichen Umhang nach vorne, rollte ein Pergament aus und rief mit dröhnender Stimme in die Menge: „Hört, ihr Leut, und lasst euch sagen: Die Gauklerschar ist herbeigekommen, um euch zu erfreuen. Heißt sie am Ende meiner Ankündigung mit heftigem Applaus willkommen, denn sie führen wahrlich abenteuerliche Kunststücke auf. Ein Fest für eure hoffentlich noch nicht allzu trunkenen Sinne.

Gleich zu Beginn seht ihr Leyla, die Meisterin des Feuers, die wie keine andere den Flammen befehlen kann, für sie zu fliegen und herumzuwirbeln. Ja, ihr Leut: Jubelt! Klatscht, schreit und nachher sammelt für die Künstlerin reichlich Taler in jenem Hut dort."

Die Zuschauerinnen und Zuschauer spendeten euphorisch Beifall, als die Feuerspuckerin die Bühne betrat und sich anmutig verbeugte.

„Na, Nes wäre vermutlich niemals so knapp bekleidet aufgetreten", murmelte Felicitas, als sie den winzigen Leder-Bikini der wohlgeformten Künstlerin sah, der ihren Körper mehr präsentierte, als dass er ihn verbarg.

„Was hast du gesagt?", fragte Laurenz.

„Ach, nichts. Konzentrier dich bitte."

Neugierig verfolgten die beiden, wie Leyla zur Musik erst mit vier Fackeln filigrane Muster in die Dunkelheit schnitt und dann mit der eigentlichen Feuerpräsentation begann.

Atemlos jagte sie kleine und bald immer größere Feuerwolken über den Platz, grellgelbe Flammen, die sich mit einem Knall in die Höhe aufschwangen und die Blicke der Menschen mit sich zogen. Feuerstoß um Feuerstoß.

Bald war die braunhaarige Frau in einen gräulichen Rauchschleier gehüllt, während über den Köpfen der Menschen das Feuer wilder und wilder wirbelte. Ungestüm lies sie die Hitzewellen über den Platz ziehen, als wären es brennende Wüstenwinde. Und mit jedem neuen Kunststück reagierte das Publikum euphorischer.

Am Ende stieß die Künstlerin noch einmal einen spitzen Strahl aus, einen feurigen Schrei, der sicherlich sechs Meter hoch in den Himmel raste.

Dann blieb sie mit weit ausgebreiteten Armen stehen wie eine Statue.

‚Jetzt!', dachte Felicitas.

Und tatsächlich.

Leyla bat die Menge mit einer schlichten Geste um Ruhe und sagte: „Ich danke euch. Und wünsche euch, dass auch in euch immer ein solches Feuer brennt. Denn jeder Mensch braucht etwas, für das er brennt." Sie machte eine theatralische Pause. „So wie Felicitas, die ich jetzt zu mir bitte."

„Wie bitte?" Laurenz wollte ihre Hand festhalten. Doch sie löste ihre Finger aus den seinen und stieg auf die Bühne.

Sie bekam von der Feuerspuckerin eine Fackel in die Hand gedrückt und schaute aufgeregt auf die Menschenmenge.

Es wurde ganz still.

Felicitas bemerkte, dass ihre Hand mit der Fackel zitterte.

Endlich sagte sie: „Ich bin Felicitas … und ich glaube, dass ich eine ziemlich komplizierte Frau bin."

Einige lachten. Andere schauten ihre eigenen Partnerinnen grinsend an.

„Aber in den letzten Tagen habe ich in mir etwas von dem Feuer entdeckt, von dem Leyla gerade gesprochen hat. Und dieses Feuer macht mir Mut. Mut, Dinge zu tun, vor denen ich mich lange gefürchtet habe. Was vermutlich ganz und gar unnötig war.

Egal … ja … nun … lieber Laurenz. Eigentlich möchte ich dir sagen, dass ich dich sehr liebe. Und ich möchte dich fragen … ob du … also, ob du dir vorstellen kannst … kurz gesagt: ob du mich heiraten willst?"

Tosender Applaus brandete auf.

Frauen skandierten „Laurenz, Laurenz" und ein Mann stieß ihm aufmunternd den Ellenbogen in die Seite.

Aber Laurenz brauchte gar keine Ermutigung. Mit zwei großen Sätzen sprang er erst auf einen der Strohballen vor der Bühne und landete dann direkt neben Felicitas.

Er deutete einen höfischen Diener an, und deklamierte mit erhobener Stimme: „O geliebte Maid. Ja, ich will!"

Was noch einmal einen frenetischen Jubel der mittelalterlich gewandeten Schar hervorrief. Doch den nahmen Felicitas und Laurenz kaum noch wahr, weil sie ganz ineinander versunken waren.

So sehr, dass die junge Frau nicht einmal bemerkte, dass ein Windstoß die Flamme der Fackel gegen den Ärmel ihres Kleides drückte und ihn entzündete.

Just in dem Augenblick, in dem Felicitas Laurenz küssen wollte, brüllte sie plötzlich „Scheiße!“ und schob ihren Frischverlobten von sich, der erschrocken nach hinten torkelte.

Inzwischen brannte ihr ganzer Arm.

Was jetzt?

Da glitt ein wissendes Lächeln über ihr Gesicht. Felicitas warf sich auf den Boden und rollte so über die Holzbalken, dass die Flammen erloschen.

‚Jetzt ist mir klar, warum es heißt: Lesen bildet‘, durchfuhr es sie.

Laurenz zog sie wieder hoch und wollte sie jetzt richtig umarmen. Doch im gleichen Moment stürmten mehrere Ritter auf die Bühne, nahmen das Paar auf die Schultern und brachten es unter den Freudenrufen der Marktbesucher zu einer der mittelalterlichen Schänken, wo die beiden vor einem Tonkrug und zwei Bechern mit Holunder-Met abgesetzt wurden, während Dutzende von begeisterten Figuren aus der Welt des Mittelalters ihnen gratulierten oder auf die Schulter klopften.

Der beglückte Mann wollte gerade mit Felicitas anstoßen, als sich Leyla, die Feuerspuckerin, von hinten zu ihm beugte, ihm etwas ins Ohr flüsterte und ihm einen Tontiegel in die Hand drückte.

Sie zwinkerte Felicitas verschwörerisch zu und verschwand gleich wieder im Dunklen.

„Nun, meine Schöne“, sagte Laurenz, „das hier könnte dir guttun.“

Ehe Felicitas etwas entgegnen konnte, hatte er den kleinen Deckel abgenommen, seinen Finger in die Salbe getunkt und angefangen, die tiefrote, verletzte Haut an ihrem Oberarm einzureiben.

Unendlich sanft.

Mehr ein Streicheln als ein Verarzten.

Zärtlich zogen seine Fingerspitzen über die Brandstelle. Und bald auch über den Rest ihres Arms. Über ihre Schulter. Ihren Hals…

Unwillkürlich schloss Felicitas die Augen und genoss die weichen Berührungen.

„Was machst du da?"

Die Silben schienen in ihrem Mund gefangen zu sein und sich einzeln den Weg nach außen bahnen zu müssen.

Laurenz antwortete nicht. Stattdessen legte er den Arm um die junge Frau und küsste sie.

Scheppernd fiel der Tiegel mitsamt dem Deckel zu Boden, doch die beiden hörten es nicht einmal.

Als beide kaum noch Luft bekamen, rieb Laurenz nur noch seine Nase an ihrer Wange.

Flüsternd bemerkte er: „Wärst du jetzt so gütig, mir zu erzählen, was da genau in den letzten Tagen mit dir passiert ist?"

Felicitas drückte ihm einen Kuss auf die Nase. „Gern. Es könnte aber sein, dass du mich danach für völlig durchgeknallt hältst."

„Wieso erst danach?"

„Depp!"

Und dann sprudelte die ganze Geschichte aus ihr raus. Nein, die Geschichten. Die vielen Geschichten, die alle zusammengehörten. Von Nes und Marten. Von Florian Rothermund und Pfingsten. Von ihrer Mutter und ihrem Vater. Von falschen Ängsten und wahren Entscheidungen, von erloschenen und wiederaufgeflammten Träumen ... und davon, dass diese Stränge irgendwie ineinander verwoben waren, weil es zwischen ihr und der außergewöhnlichen Heldin eines Jugendromans eine unerklärliche Verbindung gab, eine Verbindung, die ihr Mut gemacht hatte, danach zu fragen, wofür sie selbst brannte.

Und während sie auf einem groben Holzschemel saß, die feiernde Gesellschaft um sich betrachtete und von den Klängen einer Drehleier umworben wurde, kam Felicitas das alles gar nicht mehr so unwirklich vor.

„Nun?", fragte Laurenz. „Was hast du denn entdeckt? Wofür brennst du? Kannst du das sagen?"

„Na, für dich zum Beispiel." Sie strich ihm über den Kopf und genoss es, dass er die Möglichkeit einer Verbindung von Nes und ihr fraglos akzeptierte.

„Außerdem ist mir klar geworden, dass ich keinen Job mehr machen möchte, in dem ich mich letztlich unwohl fühle.

Weißt du: Bei Florian Rothermund habe ich gemerkt, wie gut ich Menschen aufheitern kann. Dass ihnen meine Gegenwart hilft. Weniger, weil ich sie pflege, das auch, aber vor allem, weil ich ihnen zuhöre.

Doch das funktioniert nur, wenn ich nicht ständig darüber nachdenke, welche Pflegeleistungskomplexe ich in welcher Zeit schaffen muss. Wie jetzt. Dieses Abhaken von Tätigkeiten hat mich schon beim Medizinstudium gestört, und das stört mich beim Pflegedienst noch viel mehr.

Laurenz, ich will Zeit für die Leute haben. Viel Zeit. Zeit zum Reden. Zeit zum Austauschen. Zeit, um für Sie da zu sein. Zeit, um die Schönheit des Lebens wahrzunehmen."

Sie kuschelte sich an ihn, zuckte aber kurz, als er seine Hand aus Versehen auf ihre Verbrennung legte.

Verträumt fuhr sie fort: „Ich habe noch gar keine Ahnung, was das konkret bedeuten wird, aber ich meine … früher gab es zum Beispiel den angesehenen Beruf der Gesellschafterin. Irgendwas in die Richtung fände ich super.

Sieh mal, vielleicht mache ich auch erst noch eine Ausbildung – als Coach oder Mentorin oder Mediatorin oder so was – und gründe dann den ersten ‚Help and Talk'-Service. Mir fällt bestimmt was ein. Wenn es mich erfüllt, wird sich daraus auch ein Beruf basteln lassen. Ganz bestimmt.

Ich bin da übrigens drauf gekommen, als mir Florian Rothermund sagte, er wäre gerne bereit, mich über die Pflegesätze hinaus zu bezahlen, wenn ich mir mehr Zeit für ihn nehmen könnte. Da dachte ich spontan: ‚O ja. Das klingt mal richtig gut.'

Weil es mich total glücklich macht, wenn ich dazu beitragen kann, dass andere glücklich sind. Und weil mir das liegt. Glaube ich jedenfalls.

Ist das nicht ohnehin die zentrale Frage: Wie wir andere glücklich machen können?

Mir fallen spontan gleich mehrere Leute ein, die sicher gerne eine Gesellschafterin an ihrer Seite hätten, jemanden, der sich nicht nur um ihren Körper, sondern vor allem um ihre Seele und ihren Geist kümmert."

Sie beugte sich vor und drehte ihren Kopf zu Laurenz: „Außerdem lässt mich diese Geschichte von Pfingsten nicht los. Dass Menschen eine Begeisterung geschenkt bekommen, die ihnen vor Augen führt, wofür sie da sind – und ihnen die Kraft gibt, über sich hinauszuwachsen.

Laurenz, das wünsche ich mir auch. Herauszufinden, wofür ich da bin. Nun, einen Versuch ist es auf jeden Fall wert.

Ich meine: Wer es wagt, das Schicksal einer Romanfigur zu ändern, der kann getrost auch probieren, diese unglaubliche Begeisterung zu finden, die die Jünger damals erlebt haben.

Tja, dann … dann fehlt mir eigentlich nur noch ein Auto, um loslegen zu können. Denn meine jetzige Schrottkiste muss ich garantiert sofort zurückgeben, wenn ich kündige. Blöd, dass ich so weit draußen …"

Sie schaute Laurenz verliebt an. „Blöd, dass wir so weit draußen wohnen."

„Hör zu, dann kaufe ich dir halt ein Auto."

Felicitas setzte den Becher an und trank genussvoll. Grinsend sagte sie: „Pah. Ich kenn doch deinen Kontostand. Außerdem hast du dein eigenes Auto noch nicht abbezahlt. Und solange du so viel zum Pflegeplatz deiner Mutter beisteuern musst, such ich mir lieber einen anderen Weg. Na, vielleicht kann ich ja was mit Leasing machen oder so."

Seltsamerweise mischte sich in die mittelalterliche Musik der Drehleier auf einmal der Klang von „With a little help from my friends“. Eine mehr als schmerzhafte Kombination.

„O Mist, mein Handy. Wo steckt es denn? Ach hier. Felicitas Klühe!“

Sie bohrte ihre Nase in Laurenz Seite.

„Herr Rothermund? Äh, Florian … also … du … jetzt kann ich wirklich nicht … das kommt absolut ungelegen … und zwar …

Was? Was meinst du mit: ‚Du willst nichts von mir, du hast was für mich.‘ Kann das nicht bis Dienstag warten?

Aha … kann es nicht …“

Sie blickte Laurenz fragend an und zuckte mit den Schultern.

Er zischte etwas, das sie nicht verstand. „Hä. Nein, Florian, ganz kurz mal … ich bin gleich wieder dran …“

Felicitas legte die Finger auf das Mikrofon ihres Handys und machte eine fragende Geste. „Was hast du gesagt?“

Laurenz streichelte ihre Hand. „Von mir aus müssen wir nicht mehr ewig hier bleiben. Wenn ich mich recht entsinne, dann liegt das Haus deines Patienten doch ohnehin auf dem Weg. Dann halten wir eben kurz … Mir macht das nichts.

Und wenn ich all das, was du mir da gerade an märchenhaften Sachen erzählt hast, korrekt deute, dann verdanke ich diesem Florian Rothermund ja indirekt, dass ich jetzt die wundervollste Frau der Welt heiraten darf. Dafür sollte ich wenigstens in aller Form Danke sagen.“

Die junge Frau nahm das Telefon zurück ans Ohr. „Also, Florian, ich könnte kurz vorbeikommen. Aber ich würde meinen … meinen Verlobten … mitbringen.

Ja, du hast richtig gehört: meinen Verlobten. Ich habe mich mit Laurenz verlobt.

Nein … keine Zweifel mehr.

Ja, das kann ich dir alles gleich erzählen."

Als sie aufgelegt hatte, fühlte sich das Leben genau so an, wie es sein sollte.

„Aufmachen, Polizei. Kommen Sie mit erhobenen Händen raus. Das Haus ist umstellt."

Die Stimme, die aus dem Inneren antwortete, klang verstellt. Rau und brutal. „Niemals. Eher sprenge ich hier alles in die Luft. Und dann trifft es auch die acht aserbaidschanischen Fassadenkletterer, die ich als Geiseln genommen habe. Können Sie mit der Schuld leben, dass Sie diese unschuldigen Leute auf dem Gewissen haben?"

„Also, was fordern Sie?"

Es dauerte eine kurze Schrecksekunde, dann klang es erneut dumpf durch die Tür: „Einen Fluchthubschrauber. Mit Mini-Bar. Sowie zwei Millionen Euro in nicht nummerierten Scheinen. Und wehe, da sind irgendwelche Farbbeutel drin, die explodieren. Dann berechne ich euch auch noch die Reinigungskosten meiner Designer-Couch."

„Das kann ich nicht allein entscheiden. Aber ich rufe sofort den Justizminister und die Kanzlerin an. Bitte tun Sie den Fassadenkletterern nichts."

Ein dreckiges Lachen kroch durch den Briefschlitz: „Das liegt in Ihrer Hand.

Ach ja, und noch was: Ich will innerhalb der nächsten sechs Minuten ein Sandwich von Subway, Chicken Teriyaki. Ohne Oliven. Kapiert? Ohne Oliven. Wenn da Oliven drauf sind, dann dreh ich endgültig durch."

„Einverstanden. Aber hören Sie ... wäre es eventuell denkbar, dass ich freiwillig im Austausch gegen die Geiseln ins Haus komme? Ich bin unbewaffnet."

„Können Sie Fassaden hochklettern?"

„Nein!"

„Gott sei Dank. Ich hasse nämlich Fassadenkletterer! Also, der Deal gilt. Zählen Sie laut von zehn runter, dann öffne ich die Tür."

Wie vor den Kopf geschlagen, starrte Laurenz Felicitas an, als diese begann, einen Countdown in die Nacht zu rufen. „Zehn ... Neun ... Acht ..."

„Häh? Wovon redet ihr überhaupt? Ist der Typ total durchgeknallt, oder was? Äh ... hallo? Wieso hast du gerufen ‚Aufmachen, Polizei'? Und wer sind diese komischen aserbaidschanischen Fassadenkletterer?"

Felicitas amüsierte sich so über die grenzenlose Verwirrung in Laurenz' Gesicht, dass sie mit dem Zählen durcheinander kam. „Sechs ... Fünf ... Drei ... Quatsch."

Doch da öffnete sich schon die Tür, und Florian Rothermund musterte seine Besucher von oben bis unten. „Aha. Laurenz. Eine verrückte Nudel haben Sie sich da angelacht. Weil sie denkt, ich sei leicht verwirrt, benimmt sie sich selber so. Das ist manchmal ganz schön anstrengend."

Dann streckte er auffordernd seine Hand aus, an der noch deutliche Spuren des Abendessens hingen. „Schön, Sie endlich mal kennen zu lernen. Ich bin Florian."

Er deutete lässig mit dem Daumen auf Felicitas. „Aber immerhin ist das eine Frau, die den Menschen guttut. Eine, die den Mut hat, ihr eigenes Leben noch mal in Frage zu stellen. Wovon Sie ja jetzt profitieren."

Mit einem Kichern winkte er seine Gäste ins Haus.

Im Wohnzimmer zeigte er bestimmend auf das Sofa und drückte den beiden sofort ein Glas in die Hand.

„Diesmal ist es echter Champagner. Weil ich finde, dass wir was zu feiern haben. Ist ja schließlich der Tag eurer Verlobung."

An Laurenz gewandt, fügte er hinzu: „Ich hoffe, Felicitas hat Ihnen vor diesem Besuch von unserem kleinen Brauchtum zur Begrüßung erzählt … dass ich die Tür erst dann öffne, wenn wir beide mindestens einmal gelacht haben.

Dadurch bekommt jede unserer Begegnungen einen ganz besonderen Charme. Hat sie?

Nun … wenn ich Ihren Gesichtsausdruck richtig deute, dann hat sie es nicht.

Ja, dann, zum Wohl! Auf euch beide – und darauf, dass Felicitas ihre Begeisterung nie mehr verliert."

Sie stießen miteinander an. Doch als Laurenz eine Frage stellen wollte, brachte Florian Rothermund ihn mit einem Blick zum Schweigen.

„Gleich … gleich können wir uns unterhalten. Ich möchte vorher noch etwas loswerden. Im wahrsten Sinne des Wortes. Schaut: Ich bin nur ein alter Mann … dennoch betrachte ich es als persönliche Ehre, dass ich diese unglaubliche Wandlung von Felicitas miterleben durfte. Und darum möchte ich ihr … möchte ich euch beiden zum doppelten Start einer neuen Lebensphase gerne etwas schenken."

Er griff nach einem dicken Umschlag vom Schreibtisch. „Es sind nur ein paar Tausend Euro. Aber vielleicht helfen sie, den Aufbruch von Felicitas in ein anderes Berufsleben zu unterstützen … was weiß ich … du hast doch so oft von einem eigenen Auto gesprochen."

Felicitas stotterte: „Wo hast du denn auf einmal all das Geld her?"

Florian machte eine wegwerfende Handbewegung. „Ach, ich hatte immer genug Geld. Darum ging es nicht. Aber das hier … ja, das stammt tatsächlich aus einer besonderen Quelle. Das macht es sehr kostbar."

Ein wehmütiger Zug tauchte auf seinem Gesicht auf, verschwand aber sofort wieder.

„Weißt du, es gibt da einen bibliophilen Sammler, der mich seit Monaten bedrängt, dass ich ihm doch bitte … ja, dass ich ihm meinen geliebten Drillingsband verkaufen soll.

Ständig hat er gebettelt: ‚Bitte, bitte, bitte!'

Was hat der Kerl genervt!

Na, und weil ich das kleingedruckte Ding ohnehin nicht mehr lesen kann, habe ich ihn heute Nachmittag angerufen. Der hat sich vielleicht gefreut.

Es hat keine zwei Stunden gedauert, da war er hier. Mit dem Geld. In bar. Und dieses Geld soll für euch sein. Weil diese antiquarische Bibel ja auf ihre Weise auch zu dieser Geschichte beigetragen hat.

Nein, nein … das Geld behältst du schön, Felicitas. Keine Widerrede. Steck den Umschlag einfach ein. Sonst hole ich meine Freunde, die aserbaidschanischen Fassadenkletterer … und das willst du nicht erleben."

Laurenz meldete sich, weil er etwas fragen wollte, was sowohl Felicitas, als auch Florian sehr erheiterte. „Ja, bitte, der junge Mann hier, was gibt es?"

„Also, eines ist mir immer noch nicht klar: Was ist denn jetzt mit diesem Roman? Mit dieser Feuerschluckerin, deren Ende nicht mehr stimmte …"

„Ja", rief auch Felicitas und sprang auf. „Du hast Recht. Was ist mit ihr?"

Florian Rothermund schob sein Kinn schelmisch Richtung Telefon.

Daraufhin stürmte Felicitas los, sprintete zum Schreibtisch und wählte die Nummer ihrer Mutter. Wobei sie sich vor Aufregung zweimal vertippte. Endlich kam das erlösende Klingelgeräusch.

„Andrea Klühe."

„Mama, ich bin's, kannst du bitte das Buch ‚Feuerzunge' holen und nachschauen, wie es ausgeht?

Also: Wie es jetzt ausgeht?

Ja, natürlich sofort.

Wann denn sonst?

Ja, ich warte … Bitte, beeil dich."

Sie schaltete den Lautsprecher des Telefons ein, so dass die beiden Männer mithören konnten.

„Felicitas? So, ich habe es. Es geht ja nur um den Schluss … richtig? Augenblick … hier ist die Seite … mmm … Marten kommt zu ihr … sie küssen sich … da … sie … ja … sie spricht davon, dass dieser Kuss ihr Reiseproviant sein wird … und … Moment noch …

Ja … hey … unfassbar …

Es ist wieder wie früher: Nes lehnt Martens Heiratsantrag ab, weil sie … genau … weil sie … erst … noch … ganz … sie selbst werden möchte … bevor sie sich fest bindet …

Irre. Feli, du hast es geschafft … es ist wieder das Ende, das wir beide von damals lieben. Nes macht sich auf, um in der Ferne den ‚Herrn des Feuers' zu suchen … und …"

Es wurde still. Felicitas und die beiden Männer starrten auf das Telefon.

„Ja … was und?"

Erst war nur das laute Atmen von Andrea zu hören. Dann japste sie: „Du glaubst das nicht. Das Kapitel … es geht noch weiter … da ist noch eine Szene hinzugekommen … nein, das gibt es echt nicht … Pass auf … Ich muss dir das vorlesen."

Feuerzunge

Ich muss dir das vorlesen."

Nes streichelte Pyros hinter den Ohren. „Es ist das Lied, das Marten mir geschenkt hat. Vor vielen Monaten. Ein Lied voller Sehnsucht. Über eine mutige Frau, die sich aufmacht, das Feuer in sich zu suchen."

Die ‚Feuerzunge' saß unter einer großen Linde – kurz vor dem Pass, über den man das Tal verließ und an dem sich die Reisenden nach alter Sitte noch einmal bekreuzigten. Unten in der Senke glänzten die Fensterscheiben der Häuser, als wollten sie Nes ein letztes Mal grüßen.

„Weißt du, Pyros, immer wenn ich diese poetischen Worte lese, habe ich das Gefühl, genau das Richtige zu tun. Sie sind so ermutigend. Auch wenn meine Entscheidung bedeutet, dass ich Marten verlassen muss. Obwohl es grauenhaft weh tut und mir den Hals zuschnürt."

Sie hoffte, von der Anhöhe das Gebäude zu entdecken, in dem Marten wohnte, aber es gelang ihr nicht.

„Pyros! Eben noch habe ich seine Umarmung gespürt, jetzt bin ich allein unterwegs. Na gut, du bist bei mir. Immerhin.

Ich vermute, Marten würde sich grämen, wenn er wüsste, dass ausgerechnet dieses Lied, sein Geschenk, mich jetzt von ihm wegführt.

Aber ich kann doch nicht meinen Traum begraben, nur weil ich ihn liebe. Oder doch? Was denkst du?

O Mann, ich wünschte, Hunde könnten sprechen, dann wäre manches leichter."

Das Tier hob den Kopf, als hätte es verstanden.

„Ich fühle, Pyros, dass ich es mein Leben lang bereuen würde, wenn ich nicht losziehe, um den ‚Herrn des Feuers' zu finden. Erst die Begegnung mit ihm wird der eigentliche Abschluss meiner Ausbildung werden."

Der Hund knabberte hingebungsvoll an ihren Fingerknochen.

„Tja … ich möchte einfach nur wissen, ob meine Entscheidung klug war. Ob ich das Richtige tue.

Aber ich wollte dir ja das Lied vorlesen. Wenn ich es denn schaffe.

‚So hört nun …'"

Pyros ließ von Nes' Hand ab. Er richtete die Ohren auf und ein Winseln kam aus seinem Rachen.

Mit einer fließenden Bewegung steckte Nes das Pergament zurück in die Tasche und zog den Dolch aus ihrem Gürtel. Reflexartig. Dann sprang sie auf und verbarg sich im Unterholz des Baums.

Jetzt hörte sie es auch: Jemand näherte sich von der Straße.

Die vielen Belästigungen durch Fremde hatten Nes als meist alleinreisende Frau wachsam werden lassen – schließlich wollte sie kein Risiko eingehen. Zudem verrieten die schweren Schritte eindeutig, dass dort ein Mann unterwegs war.

Andererseits: Zwischen den Brennnesseln, in denen die junge Frau jetzt hockte, blieb sie genauso bedroht. Vor allem aber konnte sie sich nicht wegschleichen, ohne dem Kerl in die Hände zu fallen. Das Gestrüpp war zu dicht und mit langen Dornen besetzt.

Was jetzt?

Die schabenden Geräusche ließen darauf schließen, dass der andere genau den Platz einnahm, an dem sie wenige Augenblicke zuvor gerastet hatte.

Nes zögerte nicht lange. Sie hielt die Luft an, sprang aus ihrem Versteck und drückte dem Fremden die Klinge an den Hals.

Dann stockten ihre Hände.

„Marten!"

Der Sohn des Gaukler-Königs röchelte.

„Was machst du hier?" fragte Nes. „Und… und was ist das?" Sie deutete auf das Bündel neben ihm.

Marten rieb sich die Kehle. „Hallo, Nes! Nun, das da… also bei uns nennt man das Gepäck. Das benötigt man, wenn man eine weite Reise machen möchte… eine sehr weite Reise… zum Beispiel…" Er warf einen Blick in die Ferne. „… zum ‚Herrn des Feuers'."

Marten legte die Hand an ihre Wange. Weich und flehend.

„Wenn du mich… wenn du mich mitnehmen möchtest, Nes.

Hey, guck nicht so verdattert: Ja, ich wäre bereit, mit dir zu ziehen. Ich finde es nämlich ganz schön ungehörig, dass du zwischen dem Abenteuer und der Liebe wählen sollst.

Da dachte ich mir: Vielleicht geht ja doch beides zusammen. Indem ich einfach mit dir komme.

Das ist mein Angebot. Ich meine: Gaukler-König kann ich später noch werden.

Und wenn ich bei dem, was du mir von deiner Ausbildung erzählt hast, richtig aufgepasst habe, dann brennt ein Feuer mit zwei Flammen deutlich heller als eines, das nur eine Flamme hat.

Na, was denkst du?

Du und ich …“

Nes antwortete nicht mit Worten, sondern mit all ihrer Zärtlichkeit.

Dank

Für die verblüffende Geschichte von der „Frau, die so gerne wollte, dass der Roman anders ausgeht“ bin ich selbst von Tag zu Tag mehr entbrannt.

Dazu haben einige großartige Menschen beigetragen, die – um im Bild zu bleiben – kräftig in die „Funken“ der ersten Ideen gepustet haben. Besonders bedanken möchte ich mich an dieser Stelle bei:

Stefan Wiesner vom adeo Verlag, der mir direkt einen Vertrag geschickt hat, bevor es mehr als zehn Zeilen Konzept gab, einfach weil er den erzählerischen Grundgedanken verheißungsvoll fand.

Sandra Matz und Patrick Smith, die als „mein“ bewährter kreativer „ThankTank“ wesentlich zur Gestaltung der Charaktere und der Handlung beigetragen haben.

Patrick Fonger, dessen klar strukturiertes Standardwerk „Feuerschlucken und Feuerspucken“ mir gänzlich unerwartete Einblicke in die faszinierende Welt der Flammenspiele gegeben hat.

Dorothea Bühler vom adeo Verlag, die als Lektorin die sprachlichen „Kohlen aus dem Feuer geholt“ und mein Manuskript dadurch spürbar veredelt hat.

Miriam, meiner Frau, die mit ihrer feinsinnigen Phantasie und ihrer Vorstellungskraft viele der Szenen mitentwickelt und mir die Heldinnen überzeugend vor Augen geführt hat.

Charlotte und Moritz, die mir jeden Tag zeigen, dass ein Mensch in Geschichten eintauchen kann wie in ein Meer, und die oft davon träumen, solche Geschichten umzuschreiben.

Der Autor

Foto: Nicole Kohlhepp

Fabian Vogt, geboren 1967 in Frankfurt am Main, ist Schriftsteller und Künstler, wenn er nicht gerade als promovierter Teilzeitpfarrer kreative Ideen für „Kirchliche Kommunikationsprojekte“ entwickelt – oder seine Leidenschaft für Geschichten auf der Kabarettbühne auslebt („Duo Camillo“). Für sein Roman-Debüt „Zurück“ wurde er mit dem „Deutschen Science Fiction Preis“ ausgezeichnet, zudem hat er mehrere Kleinkunstauszeichnungen erhalten. Fabian Vogt lebt mit seiner Familie im Vordertaunus.

MIX
Papier aus verantwortungsvollen Quellen
FSC® C083411
FSC
www.fsc.org

Verlagsgruppe Random House FSC® N001967

Wir bedanken uns für die erteilte Abdruckgenehmigung auf S. 70.
Aus: Michael Richter, Wortschatz, Mitteldeutscher Verlag 2007, S. 32.

1. Auflage März 2016
Bestell-Nr. 835086
ISBN 978-3-86334-086-5

Umschlaggestaltung: Hanni Plato
Umschlagillustration: shutterstock
Innengestaltung: Maike Michel
Lektorat: Dorothea Bühler
Satz: Uhl + Massopust GmbH, Aalen
Druck: CPI books GmbH, Leck
Printed in Germany